카프리치오

지은이 전기현

대구에서 태어나 KAIST 생명과학과를 졸업하고, 다시 서울대학교 약학대학에 입학하여 약학과를 졸업했다. 책이란 오래 사귄 친구이며, 그 오랜 친구와 걸어온 길이 곧 인생 자체라고 생각한다. 저서로 《내일도 만날래?》(좋은땅출판사)와 《붉은 나무들의 추억》(좋은땅출판사)이 있다.

카프리치오

ⓒ 전기현, 2022

초판 1쇄 발행 2022년 11월 14일

지은이   전기현
펴낸이   이기봉
편집   좋은땅 편집팀
펴낸곳   도서출판 좋은땅
주소   서울특별시 마포구 양화로12길 26 지월드빌딩 (서교동 395-7)
전화   02)374-8616~7
팩스   02)374-8614
이메일   gworldbook@naver.com
홈페이지   www.g-world.co.kr

ISBN   979-11-388-1359-4 (03810)

카프리치오

Capriccio

전기현 단편집

좋은땅

차례

서문(序文)

이 단편집에 수록된 단편들은 모두 창작물이며, 단편에 등장하는 인물, 사건, 배경들은 모두 창작에 의한 것이므로, 실제와는 어떠한 관련도 없음을 미리 알려 드립니다. 또한 국가, 도시, 하천 등은 기존에 있는 이름을 바꾸지 않고 그대로 표기했다는 것을 알려 드립니다.

다만 **레오니 사건**(註釋 : 2021년 6월 26일, 아프가니스탄 국적의 22세 라수일리 주바이둘라를 비롯한 16세, 18세, 23세 무슬림 불법 체류자 네 명이 비엔나 북서쪽 튤른 구역에 살고 있던 13세 소녀를 납치하여 집단으로 강간한 후 무참하게 살해한 사건. 이 살인자들은 비엔나 시내의 한 나무에 마치 전시하듯이 소녀의 시체를 목매달아 걸어 놓고, SNS로 자신들의 범죄를 태연스럽게 자랑했다. 독일과 오스트리아뿐만 아니라 전 유럽에서, 마치 희생자인 것처럼 행동하지만 실제로는 잔인하고 악랄한 범죄 집단에 불과한 무슬림 불법 체류자들에 대한 거센 분노와 난민 정책에 대한 본질적인 개정이 필요하다는 여론을 불러일으킨 사건.) 및 **유고슬라비아 내전**(註釋 : 1999년 3월 24일부터 NATO가 세르비아의 민가와 수도원, 대사관,

호텔, 성당 등 비(非)군사시설을 조준 폭격하여 수십만 명에서 수백만 명의 세르비아 민간인 사상자를 낸 사건. **78일간의 공습**으로 세르비아 전체가 잿더미가 된 후에야 민간인들에 대한 폭격을 중지하였다. 당시 NATO는 보스니아와 미승인국가 코소보가 일으킨 전쟁범죄는 철저히 통제하여 외부에 알려지지 못하게 하고, 세르비아에 부정적인 기사만 서방 언론을 통해 대대적으로 보도케 하였다. 이에 분개한 세계적인 석학 **노암 촘스키**와 **페터 한트케**는 서방 언론들이 세르비아를 나치즘에, 코소보를 유대인에, 각각 등치시키면서 세르비아에 악마적인 이미지를 씌웠으며, NATO가 오히려 세르비아보다 더 심한 인종청소를 자행했다는 성명을 발표했다.)과 같은 사건들은 **실제로 일어났던 사건**임을 밝힙니다.

단편집 《카프리치오(capriccio)》는 그 제목 자체가 말해
주듯이, 자신의 존재를 숨긴 채 수면 아래에서 쉬고 있지
만 언제 다시 수면 밖으로 얼굴을 내밀지 모르는 **'변덕'**을
다루고 있습니다.

　때로는 천사의 알을 깨고 악마가 태어나는 것처럼, 때로
는 악(惡)의 그림자 속에서 선(善)이 반짝이며 나타나는
것처럼. 《카프리치오》는 그렇게 변덕스러운 삶의 다양한
모습들을 담고 있습니다. 이제 그 이야기들이 시작됩니
다.

비선형적인 회귀와
부고(訃告), 그림자들

시간은 결코 죽지 않는다. 시간이 우리를 지나가는 것이 아니라, 우리가 시간을 지나가는 것이다. 만약 원이 항상 둥근 것은 아니며 선이 항상 곧은 것은 아니라면, 수학은 유클리드적 기반에서 완전히 무너지게 되는 것이 아닐까. 호텔 객실의 인터폰이 울린다.

"고려(korea)에서 오신 '욘' 씨 되십니까?"

"잘못 읽었소. '욘'이 아니라 '젼'이요. 그나저나 무슨 일이오."

"유감스럽게도 불행한 소식을 전해 드려야 할 것 같습니다."

"이 나라의 호텔이나 다른 시설들에 정전이 자주 일어난다는 사실은 이미 알고 있소. 그것보다 더 심각한 소식인가?"

"어느 쪽이 더 심각한지는 제가 판단할 수 없군요. 손님께서 묵고 계신 객실의 에어컨에 관한 소식입니다."

"고장 났다(broken)는 거요?"

"이런 경우를 고장 났다(broken)라고 불러야 할지 모르겠지만, 손님은 가동 중인 에어컨을 임의로 조절하실 수 없습니다. 에어컨을 틀고 주무실지, 에어컨을 *끄*고 주무실지, 저희에게 미리 알려 주셔야 합니다."

"잘 이해가 안 되는데, 무엇 때문에 그러는지 설명 좀 해 주겠소?"

"기계실에서 알려온 바에 따르면, 손님께서 계신 201호실을 포함한 몇몇 객실의 냉각 조절장치가 지금 제대로 작동하지 않습니다. 온도나 풍량을 객실에서 변경할 수 없기 때문에, 켜거나 *끄*거나 둘 중에 하나를 선택하셔야 한다는 뜻입니다."

"황당하군. 만약 계속 틀게 되면 온도는 얼마나 내려가게 되오?"

"호텔 객실에는 온도계가 없고, 저희가 따로 측정할 수도 없습니다. 다만 취침 중에 추위를 느끼신다면, 언제든지 인터폰으로 프런트를 부르셔서 이불을 더 갖다 달라고 하시거나 에어컨을 꺼 달라고 말씀하시면 됩니다."

"이런 숨 막히는 더위에 에어컨마저 끄고 잘 수는 없지.
얼어 죽더라도 틀고 자겠소. 아침까지 내가 깨지 않으면
얼어 죽은 것으로 아쇼."

"알겠습니다. 기계실에는 에어컨을 틀고 주무실 것이라
고 전하겠습니다."

 어차피 객실의 에어컨이 가동되더라도, 시간이 조금 흘
러야 방이 완전히 시원해지겠지. 아직 그다지 밤이 깊지
않았으니 1층 로비에서 가볍게 한 잔 하고 들어가는 편이
좋겠군.

"와인 목록이 적힌 메뉴판이 있으면 부탁하오."

"죄송하지만 메뉴판은 따로 없습니다. 저희는 모엣 와인
과 볼링거 샴페인, 두 가지를 제공합니다. 어느 쪽으로 하

시겠습니까?"

"바에 앉아 있는 저 여자 분이 마시는 걸로 하지. 소개시
켜 주겠는가."

"손님께서 계시는 201호실의 건너편에 있는 203호실에
투숙하고 계신 분입니다. UN의 기구에서 일하신다는 정
도 외에는, 저도 잘 모릅니다."

"내전이 끝난 지가 벌써 몇 년이 넘었는데, 이제 와서 UN
이 무슨 볼일이 있다고? NATO 놈들이 몰고 왔던 탱크를
대신 수거해 가려는 건가."

"UN군 관련은 아닐 거라고 생각합니다. 오히려 전쟁 복
구에 관한 무언가를 하러 오신 분이라고, 호텔 지배인님
께서 말씀하셨습니다."

"아. 이 근처에 폭격으로 부서졌던 수도원 어쩌고 하는
걸 말하는가 보군. 그렇다면 UN이 아니라 UNESCO나
UNICEF 같은 기구에서 파견된 사람일 거야."

———

"저는 그런 자세한 것까지는 모릅니다. 만약 손님께서 합석하시고 싶으시다면 제가 여쭤봐 드리겠습니다."

"괜찮네. 내가 직접 가지."

바에 앉아 있는 여자에게로 향하다가, 지금 입고 있는 복장을 슬쩍 보았다. 양복바지에 구두는 신고 있었지만, 위에는 얇은 셔츠가 전부였다.

"Здраво. Могу ли да питам одакле си?"

"세르비아어 발음이 현지인처럼 자연스러운 분이시네요. 저는 독일에서 왔어요. 여기 세르비아에 온 지 벌써 닷새가 넘었는데, 세르비아 사람이 아닌 외국 관광객은 처음 뵙는 것 같아요."

"저는 현지인도 관광객도 아닙니다. 그냥 일 때문에 온 거죠."

"눈은 움푹 들어가 있고 여윈 얼굴에 운동선수처럼 탄탄한 상체. 그런데 바지는 아주 깔끔하게 잘 다려진 양복바지에 구두도 끈으로 묶는 수제(手製) 검은색 정장 구두. 무슨 일을 하시는 분인지 궁금해지네요."

"굳이 표현하자면, 숫염소의 젖을 짜는 사람입니다."

"헝가리 문화권에서는 사기꾼을 그런 식으로 비유하곤 하죠. 그렇지만 사기꾼들은 보통 자신들의 정체를 숨기지 않나요?"

"소설가나 사기꾼이나 가짜를 진짜로 둔갑시킨다는 점에서는 동일하거든요. 실제로 몇몇 언어권에서는 '소설가'와 '사기꾼'이 같은 단어로 쓰이기도 합니다."

"여기는 내전으로 거의 폐허나 다름없이 되어 버렸는데, 이런 곳에서도 뭔가 쓸 것들이 나오는 모양이네요."

"쓸 것들은 세계 어디서나 나온답니다. 지금 이 홀 안에 배경음악처럼 흐르는 잔잔하고 아름다운 곡의 제목을 맞

히신다면, 여기보다 훨씬 더 시원한 에어컨이 나오는 곳
으로 모시고 가서 제 작품에 대한 이야기를 들려드리는
내기를 제안하고 싶은데. 어떻습니까?"

"만약에 이 곡을 부른 가수까지 맞힌다면 보너스를 주실
건가요?"

"제 느낌에는 둘 다 맞히실 수 있을 것 같군요. 그리고 네,
당연히 보너스를 받게 되실 겁니다."

그가 눈을 뜨니 온몸이 흠뻑 젖어 있음을 느꼈다. 젠장. 에어컨을 켜 놓고 자겠다고 분명히 말했잖아. 보나마나 취침 중에 정전이 일어났을 테고, 이 객실로 연결된 냉각 장치는 꺼진 후에 다시 가동되지 않았겠지. 예상보다 늦게 일어났음을 깨달은 그는 급하게 호텔 로비에 나왔다.

"간밤에 누가 내게 전화를 해서 메시지를 남긴 것이 있었나?"

"네. 시차 때문에 여기는 새벽이고 손님께서는 객실에서 주무시고 계신다고 말씀드렸더니, 전화를 걸어온 사람은 간략하게 용건만 전해 달라고 하더군요."

"뭐라고 말하던가."

"아무 잡지나 신문이든, 집어 들어서 부고(訃告)란을 보라고 했습니다."

누구나 자신을 옳은 길로 인도해 줄 누군가를 필요로 한다. 그 역시 지금 그가 걷고 있는 길이 더 나은 길 또는 최선의 길이라고 확신시켜 줄 누군가를 필요로 한다.

 하지만 대부분의 사람들은 그들이 사는 방식을 개선시키거나 더 나은 인간이 되기 위해 노력하지 않는다. 대신, 그들은 무언가를 구매하고 무언가를 사들인다. 그렇게 많은 것을 사들인 후에도 그들의 인생은 여전히 의미없는 인생이다. 삶의 모든 시간이 지나고, 부고(訃告)란의 한 칸을 차지하는 것으로 그들의 인생은 사라진다.

 움푹 들어간 그의 눈에서 섬광(閃光)이 아주 잠시나마 반짝였다. 영혼의 깊이가 깊어질수록, 그는 달리고 또 달렸다. 마치 도달할 수 없는 소실점을 향해 다가가는 것처럼.

"누구를 찾아왔다고 했소?"

"곱슬머리를 길게 기른, 젊은 독일 여자입니다."

"왼쪽 턱에 작은 밥풀떼기 같은 점을 붙이고 다니는 곱슬머리 여자라면, 요 며칠 사이 자주 봤지만 오늘은 못 봤소. 보다시피 여긴 수도원이라 원래 여자들은 왕래가 금지되어 있지."

"수도원이라지만, 수도사는 정작 한 명도 안 보이는군요."

"내전 때 건물이 폭격을 맞아 박살나서, 이미 수도사분들은 다른 곳으로 뿔뿔이 흩어지셨소. 나는 그저 양이나 염소를 치는 농부니까, 여기 이 수도원으로 수도사 분들께서 다시 돌아오실 때까지 성물(聖物)이나 성구(聖具)가 있는 경당(經堂)을 지키고 있을 뿐이오. 지킨다는 것도 아니라, 그냥 경당에서 자주 쉰다는 편이 더 맞겠지."

"율리아가 나중에 오면, 토멕이 다녀갔었다고 전해 주시겠습니까? 그 왼쪽 턱에 밥풀떼기 점을 달고 있는 여자의 이름이 율리아입니다."

"어려울 것 없소. 그렇게 하리다."

수도원 근처에는 물안개가 자욱하게 껴 있었다. 여러 가지 날씨 중에, 그가 가장 싫어하는 날씨가 바로 어둡고 습한 날씨였다. 호텔로 곧장 돌아갈 수도 있었지만 어쩐지 그러고 싶지 않았다.

그는 폭격으로 부서진 수도원을 뒤로 한 채, 탄광 마을 쪽으로 발길을 옮겼다. 탄광 마을에는 아직도 많은 사람들이 살고 있었는데, 사람들이 살고 있는 곳이라면 어디라도 삶이 계속 이어지고 그렇게 이어지는 삶에는 반드시 그가 찾는 무언가가 있으리라 믿었기 때문이었다.

"남편이신 파쿤도 사비치 씨께서는 탄광에서 무슨 일을 하십니까?"

"젊었을 적에는 광부였지만, 이젠 나이가 들어서 경비원으로 일하고 있어요. 손님께서는 직업이 어떻게 되시나요?"

"잘 모릅니다."

"모르다니요?"

"직업이라 부를 만한 것이 없거든요. 하지만 이런저런 일들을 합니다."

"아이들을 좋아하시는 것 같아요."

"친절한 분이시니 저도 아이들과 친절하게 놀아 주는 것뿐입니다."

"신(神)의 축복이죠."

"그런가요?"

"우리 가족에게 집이 있고, 남편한테 직업이 있다는 것만으로도 축복이고 감사한 일이지요."

"지구 반대편에는 그런 것에 감사를 느끼지 못하는 사람도 많습니다."

"아, 슬프군요. 왜 그런 사람들이 생겼을까요."

"대부분이 기계와 살고 있기 때문입니다. 기계에게 미안함이나 고마움을 느끼지는 못하거든요. 기계는 스위치를 켜면 작동하고, 스위치를 끄면 작동을 멈출 뿐입니다. 사람이니까 감사함과 미안함을 느끼는 것인데, 소위 큰 도시라는 곳에는 기계처럼 되어 버린 존재들이 많습니다."

"그렇지만 손님은 전혀 그런 분처럼 보이지 않아요. 아이들도 모두 손님을 좋아한답니다. 밤에 주무시는데 침대가 낡아서 걱정이네요."

"신경 쓰지 않으셔도 됩니다. 그보다 원래 가족은 가족끼리 지내는 것이 제일인데, 저 같은 나그네가 엉덩이를 붙이고 있으면서 침대까지 하나를 차지하게 되니 오히려 제가 미안합니다."

"그래도 멀리서 오신 분을 해가 떨어진 후에 내쫓을 수는 없지요. 남편도 화를 낼 거예요."

"이 근처에 읍사무소나 그 비슷한 관공서가 있습니까?"

"창문 밖을 내다보세요. 해가 져서 어둡지만, 교회 탑이 보이시나요?"

"보입니다."

"탑 바로 아래에 마을회관이 있거든요. 그 옆에 우체국도 있어요. 두 시간에 한 번씩 바로 앞 도로를 지나는 74번 버스가 있는데, 도착하기 조금 전에 제가 미리 알려 드릴게요."

"버스를 타려면 요금을 내야 할 텐데, 얼마쯤 주어야 합니까?"

"워낙 시골버스라서 '마을회관까지 데려다 주세요.'라고 말씀하시면 외지인에게 요금을 받지는 않을 거예요. 여기서 두 정거장밖에 안 되는 곳인데다, 버스 차장인 에디나는 마음씨가 넓은 사람이거든요."

"이곳에서는 사람들 모두가 서로를 돕고 사는 것처럼 보입니다."

"하느님의 은총은 천국에 있으니, 사람은 지상에서 서로 돕고 살아야죠. 비록 우리는 나약한 존재이지만 함께 있을 때 강해질 수 있어요."

다음 날 탄광으로 가는 길에, 그는 젊은 남자와 젊은 여자가 함께 있는 것을 보았다. 세르비아어를 충분히 통역 없이 듣고 이해할 수 있던 그에게, 두 남녀는 갈라서는 연인으로 보였다.

"네가 그렇게 잘났어? 그렇게 잘났냐고." 남자가 오른손으로 여자의 턱을 잡아 올린다. 여자 또한 한 치의 물러섬도 없다.

"너 따위가 뭐 그렇게 대단하신 몸이냐고 지금 묻고 있잖아." 남자가 한쪽 뺨을 갈긴다. 그런데 여자의 반응이 더 대단하다. 질질 짜거나 고함을 지르지도 않고, 세르비아 아니 발칸 전역에 사는 여자들이 모두 그렇듯이 강인한 정신력을 보인다. 얼굴에는 일말의 표정 변화조차 없다.

"노비사드 같은 큰 도시에 살다 보니, 이제 나 같은 건 눈에도 안 들어온다 이거지? 그래 봤자 너는 공작부인이 아니라 그저 탄광촌 창녀일 뿐이야. 이 나쁜 년아." 활화산처럼 폭발하는 분노가 그가 있는 곳까지 전해졌다.

———

029

물어보지 않아도 상황은 명확해 보였다. 그는 이런 장면들을 지금껏 너무나 많이 접해 왔기 때문이다. 시골에 살던 여자가 큰 도시로 떠나고, 그 여자는 도시에서의 신분 상승을 위해 다른 돈 많은 남자를 유혹한다. 원래 시골에서 그 여자와 함께 영원한 사랑을 맹세했던 남자는 화장실의 휴지처럼 버려지고, 극도의 모멸감은 분노로 바뀐다.

여기가 발칸 반도가 아니라 이탈리아였다면, 계집은 떽따는 소리를 지르며 "너 같은 병신은 평생 돼지냄새 풀풀나는 소시지나 처먹고 살겠지만 난 아니야~ 이 멍청한 촌놈아~"라고 바락바락 대들었을 확률이 100%라고 생각했다. 돈을 걸라면, 걸 수 있을 정도로 확실하다. 하지만 발칸의 여자들은 이탈리아 여자들과 전혀 다르다.

잠시 후 탄광에서 그는 아까 보았던 사내를 다시 만났다. 조용히 담배 한 개비를 건네며, 심각한 표정을 짓고 있는 사내에게 말을 건넸다.

"괴로울 텐데 한 대 태우시게. 아마 한 갑 아니라 몇 갑을 피워도 그 혼란스런 마음을 가라앉힐 수는 없겠지만."

"보아하니 여기 사람이 아닌 것 같은데, 그쪽은 어떻게 마치 전후 사정을 다 아는 것처럼 말하는 겁니까?"

"지금껏 너무나 많이 봐 왔으니까 그런 건 저절로 알게 되어 있소. 젊은이는 자신도 모르는 사이에 어느새 버려졌고, 아마 그렇게 버려지기 전까지는 셀 수 없이 그녀에게 연락을 하고 예전의 뜨거웠던 사랑을 확인하려 했겠지. 그러나 여자의 마음이 한번 돌아서고 나면 얼음보다 더 차갑고 악마보다 더 잔인하다는 것을 젊은이도 시간이 지나면 깨닫게 될 거요."

"당신 나라에서도 시골에 살면 무시를 당하는 건 같은가 보군요. 계집들은 큰 도시로만 가면 마치 백작부인이 된 것처럼 행세하는데, 심지어 그년은 제게 사랑의 맹세를 저버렸다는 용서를 구하려고 온 것도 아니었어요. 더 이상 사랑하지도 않는데다, 귀찮고 자기 인생에 아무 소용도 없으니 연락하지 말라는 일방적인 통보였습니다."

"그렇겠지. 마음이 흔들리지 않게 해 달라는 게 아니라, 자기 출세를 방해하지 말라는 거니까 얼마나 화가 났겠소.

설령 거기에서 계집을 요절냈다 하더라도, 그 심정만큼은 이해하오."

"사랑이란 원래 이런 것입니까?"

"아니, 젊은 친구라 아직 뭘 잘 모르는군. 여자의 변덕은 진정한 사랑과는 거리가 멀어도 한참 멀다는 사실을 지금쯤은 깨달았어야 하는데."

"그럼 여자들은 왜 사랑이라는 이름으로 맹세를 해 놓고, 상황만 바뀌면 손바닥 뒤집듯이 변덕을 부리는 것입니까."

"자네 혹시 에밀 자토펙이라는 사람에 대해 들어본 적 있나?"

"글쎄요. 누군지 잘 모르겠습니다."

"아주 유명한 육상영웅이라네. 그가 이런 말을 남겼지. 《새는 날고 물고기는 헤엄치고 사람은 달린다.》만약 물고기더러 날아 보라고 하면 하늘을 날 수 있겠나? 그런 계집은 그렇게 태어난 거야. 남자가 자상하고 부드럽게 대해 주면 바보 빙충이인 줄 알고 걷어차 버리지만, 오히려 거칠고 호되게 다루면 네 발로 기어오거든."

"어째 더 힘이 빠지는군요. 아까 나를 찾아왔던 년만 그런 것이 아니라, 대부분의 여자들이 그렇다는 얘기 아닙니까."

"검소하고 심지가 곧은 여자들은 세계 어디에나 많이 있어. 요즘 같은 세상에서는 좀처럼 찾기 힘들지. 하지만 자네가 찾으려는 노력을 멈추는 순간, 그런 여자들을 만날 기회 역시 사라지네."

"술이 몹시 당기는군요. 한잔 하시겠습니까."

"그러지. 원래 실연당했을 때는 누구라도 옆에서 잔을 채워 줘야 하는 법인데, 내 기꺼이 자네의 빈 잔을 채워 주겠네."

"감사합니다. 인사가 늦었군요. 저는 조란 라디치라고 합니다."

"전이라고 하네. 슬라브식으로 발음하면 연이나 욘이 될 거야. 전이든 욘이든 상관없어. 나는 이미 자네의 친구일세."

갱도 바깥으로 막 나온 광부들은, 시커먼 석탄 찌꺼기들을 뒤집어쓴 탓에 원래 얼굴보다 더 사납게 보이기도 하고, 조금 더 자세히 들여다보면 공기의 질이 탁한 곳에 오래 있어서인지 창백하게 보이기도 한다. 하지만 혈색이 돌아오고 석탄 찌꺼기들을 씻어 낸 광부들의 얼굴은 여느 직장인들의 얼굴과 크게 다를 것이 없다.

파쿤도 사비치 씨도 젊었을 때는 이들과 똑같았을 것이다. 하루의 일과를 마치고 집으로 간 후에는, 큰 대야에 물을 든든하게 받아 놓고 얼굴과 가슴처럼 자신의 손이 닿는 부위를 씻고 나면 사비치 부인이 물수건을 가지고 사비치 씨의 등을 닦아 주는 식으로.

이곳 탄광에서 일하는 광부들은 무슨 거창한 노령연금이나 기초연금 같은 것을 기대하지 않는다. 물론 광부들끼리 마치 계모임처럼 자신들끼리 돈을 모아 만든 퇴직연금 비슷한 것은 있지만, 결코 국가나 탄광회사가 그들의 노후를 보장해 주지 않기 때문이다.

다만 생명보험과 유사한 것은 어느 나라 어느 탄광에서든 볼 수 있다. 작업 도중에 목숨을 잃을 가능성이 워낙 크기 때문이다. 애초에 광부라는 직업은 다른 직업에 비해 사고당할 확률이 높으니, 최소한의 생명보험마저 없다면 누가 미망인과 아이들의 미래를 챙겨 주겠는가.

발밑으로의 추락, 가스 폭발, 지반 붕괴. 물론 노련한 광부는 이 모든 것의 전조를 일종의 느낌으로 알아챈다고 하지만, 세계 어느 탄광이든 사고는 늘 발생한다. 우리의 친구 조란 라디치 역시 자신의 목숨을 담보로 이러한 도박을 하고 있는 것이고, 마음씨 좋은 파쿤도 사비치 씨는 이제 그 도박을 접고 경비원으로 겨우 생계를 꾸려 나가고 있다.

그가 침대 하나를 차지하면 사비치 씨는 아이들 침대에

서, 아이들은 사비치 부인과 함께 자야했기 때문에, 친절은 고맙지만 마음이 불편해서 하루 이상은 머물 수 없었다. 그마저도 다리를 쭉 뻗으면, 혹시라도 사비치 씨의 머리를 걷어차지나 않을까 조심하면서 밤을 보내야 했다.

이 가난한 탄광 마을에 굳이 다행스러운 점을 꼽으라면, 주택부족 문제가 점점 줄어들고 있다는 사실이다. 역설적이지만 탄광촌을 떠나는 사람이 많아지면 많아질수록, 미혼의 광부들이 좁은 방에서 몇 명씩 함께 지내거나 광부 가족들끼리 단 한 채의 집에서 꾸역꾸역 비비대며 살지 않아도 되기 때문이다.

물론 그러한 역설로 주택 문제는 잠시 해결되겠지만, 지역경제는 계속 낙후된다. 우리의 친구 조란 라디치를 화장실 휴지처럼 버리고 노비사드로 떠난 여자의 경우, 전기오븐이 있는 부엌에서 요리를 하여 거실에서 아이들과 식사를 할 수 있고 냉온수가 나오는 욕실이 딸려 있는 단독주택이 탄광촌에 있다 하더라도 전혀 본인의 성에 차지 않는 것이다. 허영심으로 가득 찬 젊은 여자는 도시를, 그

것도 큰 도시를 좋아한다. 전갈이 자기를 태우고 강을 건너게 해 준 개구리를 독침으로 찌르는 것과 같이, 이미 태어날 때부터 내재되어 있는 본성이다.

이렇게 낙후되고 있는 탄광촌에서는 도시에서 흔히 볼 수 있는 자동차나 부랑자(걸인)를 거의 볼 수 없다. 자동차의 경우에는 그것을 구입할 경제적 여유가 탄광촌 사람들에게 부족한 점도 있지만, 마을버스나 이륜차가 충분히 그 역할을 대체하고 있기 때문이다. 부랑자가 거의 보이지 않는 이유는 아직 공동체적인 생활 방식이 남아 있어서, 도시의 걸인처럼 노상에 홀로 방치되는 사람이 없다는 뜻이기도 하다.

그러나 탄광촌이 낙후를 넘어 아예 폐쇄된다면 사정은 완전히 달라진다. 우리의 친구 조란 라디치는 직장을 잃게 되며 어쩌면 도시의 부랑자로 전락할 수도 있다. 자애로운 파쿤도 사비치 씨와 그의 아내 역시, 그들의 어린 아이들이 성인으로 자라 독립할 때까지의 몇 년간을 어떤 식으로든 나름의 방법을 통해 버텨 나가야 한다. 실업수

당과 같은 단어는 국가의 사회보장이 튼튼한 서유럽에서
나 가능한 단어이며, 발칸 반도의 이 빈곤한 국가에서 실
업은 곧 죽음을 의미한다.

"욘. 혹시 저를 런던이나 뉴욕으로 데려다주실 수 있겠습니까."

"베오그라드나 노비사드라면 몰라도, 왜 굳이 비자발급처럼 신원보증이 필요한 데다 사람이 정 붙이고 살기 어려운 곳으로 가려고 하나."

"어차피 이 탄광촌은 글렀어요. 망해 가는 나라에서 계속 가난한 광부로 지낼 수는 없을 것 같습니다. 베오그라드 아니라 발칸의 어디를 가든 전쟁 아니면 굶주림. 아주 지긋지긋합니다."

"모르는 바는 아닐세. 자네 정작 런던이나 뉴욕에 도착하면 거기서 뭘 하고 지낼 작정인가."

"뭘 하든, 좁은 갱도를 하루 종일 기어 다니며 석탄 캐는 짓보다 낫지 않을까 싶습니다. 우리보다 띨띨한 루마니아 놈들도 런던에서 간호사나 뒷간 잡역부로 일하면서 본국에 돈까지 부쳐 준다고 하더군요."

"나는 여러 사람과 여러 얼굴을 봐 왔지만, 자네는 간호사나 뒷간 잡역부로 만족할 사람이 아니라고 생각하는데."

"자랑스러운 일인지 모르겠지만, 내전 시절 저도 소년병으로 총 좀 다뤄 본 적이 있습니다. 레드 마피아들 중에는 꼭 러시아 놈들만 있는 게 아니라 우리처럼 발칸 출신의 슬라브 인들도 많이 섞여 있거든요."

"선과 악에 대해서 자네와 토론할 생각은 없어. 다만 자네가 이 나라를 떠나 레드 마피아 같은 범죄조직에 들어간다면 한 명의 젊은 세르비아 청년을 패륜적인 범죄자로 만드는 꼴인데, 그건 내 원칙에 맞지 않아. 클레르몽페랑에 가서 잠시 지내보게. 그곳의 기후가 자네 마음에 든다면, 아예 프랑스 여자와 결혼하고 거기 눌러 살 수도 있지. 여기 오베르뉴에 살고 있는 내 동료의 거주지와 전화 연락처가 적혀 있네. 그 사람에게 토멕이 보냈다고 말하면, 자네에게 필요한 일자리나 정착을 위해 필요한 법적인 절차들은 모두 그가 알아서 처리해 줄 걸세."

발칸에서는 이미 열네 살쯤 되면 어떤 종류든 일하는 법부터 배우게 된다. 학교에서 무언가를 배울 기회를 박탈당하고, 애초에 원치도 않았던 곳으로 내몰리는 것이다. 그리고 나서 스무 살쯤 되면 (대개는) 실직한 아버지가 책임지던 생계를 그가 떠맡든가, 아니면 숟가락 하나를 덜기 위해서라도 집을 떠나야 한다. 이 모든 것은 유고슬라비아 내전으로부터 시작한다. 티토의 죽음으로부터 시작한다.

전쟁 이전의 유고슬라비아는 어느 지역이든 사회적 안전망이 지금보다 튼튼했다. 실업률은 낮았고, 설령 일자리를 잠시 잃는다 해도 식량배급표는 받을 수 있었다. 계급의식도, 소위 말하는 민족의식도, 당시에는 그저 희미했다. 세르비아인들이 얼마든지 사라예보 거리를 걸어 다녔고, 크로아티아 남자나 슬로베니아 남자가 세르비아 여자와 결혼하는 것 역시 혼한 일이었으며 드문 일이 아니었다.

이제는 더 이상 그렇지 않다. 티토라는 비범한 지휘자에 의해 연주되는 오케스트라처럼 조화롭던 유고슬라비아는 언젠가부터 국제무대에서 완전히 고립되었고, 어느 유고슬라비아 사람도 프랑스 오베르뉴의 평범한 중산층 가정이 똑같은 현재를 어떻게 살아가는지 전혀 알지 못한다.

전쟁이 있기 전에는 세르비아인도 크로아티아인도 서로를 차별하지 않았다. 그러나 전쟁 이후로 모든 것이 달라졌다. 좋고 싫고의 문제가 아니라, 서로가 서로를 차별하기 시작했다. 일본인처럼 세계 반대편에 사는 사람의 눈에는, 누가 세르비아인이고 누가 크로아티아인인지 정답을 말해 주기 전까지 도저히 모를 정도로 닮은 사람들끼리 말이다.

유감스럽게도 과거의 조화로웠던 티토의 시대로 돌아갈 수는 없다. 우리의 친구 조란에게 빈 술잔을 채워 주고 어깨를 두드려 주며 그들도 본래부터 악한 사람은 아니었을 것이라고 말해 줘도, 그는 이미 소년 시절에 아버지의 피를 보았다. 피는 피를 부르고, 복수는 복수를 부른다.

티토 시절에는 비록 실업자가 되더라도 당장의 먹을거리

를 얻을 수 있는 정도의 사회적 안전망이 충분히 보장되어 있었다. 티토가 이끌던 유고슬라비아는 비록 사회주의를 표방하는 국가였지만 당시 동유럽 공산권 국가들과는 다르게, 소련의 위성국가가 되기를 끝까지 거부했다.

오히려 〈티토주의〉를 제창하며, 프랑스가 그랬던 것처럼 자본주의 진영이나 공산주의 진영의 어느 한쪽에 가담하지 않았다. 유고슬라비아는 자신들만의 독자적인 노선을 걸으면서, 제3세계의 주도적인 국가로 인정받았다.

그렇게 될 수 있던 바탕에는, 티토가 말만 번지르르한 정치꾼이 아니라 독일의 나치 군대와 이탈리아의 무솔리니 군대가 유고슬라비아의 영토를 침공했을 때 게릴라전을 펼치며 영토와 독립을 지켜낸 제2차 세계대전의 영웅이라는 역사적 배경이 있다.

1980년. 티토의 장례식에는 소련의 브레즈네프 서기장과 중공의 화궈펑 주석뿐만 아니라, 영국의 마거릿 대처 수상, 일본의 오히라 마사요시 총리, 그리고 미국의 월터 먼데일 부통령까지 참석했다. 이러한 사례는 아마 이전에도 없었고 이후에도 없을 것이다. 하지만 그의 장례식과 함께, 다민족 국가 유고슬라비아의 운명에는 짙은 어두움이 드리우기 시작했다.

"레나? 율리아야. 장거리 전화지만 수신자 부담이 아니니까 걱정하지 마. 유고슬라비아 내전 시기에 폭격으로 부서진 수도원을 UNESCO 세계문화유산으로 지정하기 위해 필요한 현지 조사를 하러 세르비아에 왔다가 멋진 남자를 만났어. 이름은 토멕이라고 하는데, 키가 엄청나게 크고 매너도 좋은 데다 목소리도 부드러워. 게다가 영어, 프랑스어, 독일어, 세르비아어를 마치 하나의 모국어처럼 자연스럽게 말하더라니까. 사실 첫인상이 워낙 강렬해서 약간 거친 사람이 아닐까 생각했는데, 계속 대화하다 보니 위트도 있고 뭔가 따뜻함이 느껴지는 사람이라 점점 더 끌리는 거 있지. 아니, 그런 건 일부러 물어보지 않았어. 괜히 내 쪽에서 절박한 것처럼 보일까 봐.

수도원은 심지어 부서진 모습마저도 아련한 느낌을 주더라. 예전에 수도사들이 다니던 산책로를 걷다 보니, 초여름이라 장미꽃이 만발해 있는데 자두나무도 있었고 참나무도 있었어. 나중에 그 남자와 꼭 한 번 그 산책로를 함께 걷고 싶었는데… 호텔 직원에게 물어봤지만 짐을 놔두고 외출한 지 벌써 며칠이 넘었다는 거야.

아, 수도원에는 꽤 나이 많은 영감님이 계셨는데 얼핏 봐
서는 양 떼를 치는 농부 같았어. 독일어나 영어를 못 알아
들으셔서 서투르지만 세르비아어로 몇 마디 나눠 봤지.
가끔씩 수도원에서 쉬시고, 간혹 아침잠이 덜 깼을 때는
잠이 깰 때까지 경당(經堂)에서 기도를 드리신대.

슬프지만 UNESCO에서는 이곳을 세계문화유산으로 지
정하지 않을 것 같아. 유고슬라비아 내전 때 NATO가 세
르비아의 민가를 집중 폭격했던 사실을 기억하지? 그 전
쟁의 실상은 세르비아 군인들과 알바니아 마피아 무장조
직 UCK 간의 갈등이 한참 동안 억눌렸다가 터져 나온 것
뿐이었어. 마침 NATO는 그때 자신들의 강한 군사력을
보여줄 기회를 잽싸게 발견한 거였고. UN도 NATO처럼
세르비아를 싫어하기 때문에, 세르비아의 영토인 코소보
를 알바니아의 괴뢰국으로 만들어 버렸지 뭐야. 마치 미
국이 파나마 운하를 자기들 마음대로 이용하기 위해, 콜
롬비아 영토에서 파나마를 분리시켜 미국의 자치령으로
만들고 나서 무려 99년이 지난 후에 전혀 다른 하나의 국
가로 독립시킨 것처럼.

UNESCO 세계유산으로 지정되지 않으면, 발칸의 이 가난한 나라에서 과연 수도원은 얼마나 버틸 수 있을까? 곧 미국이나 인도의 어떤 돈 많은 부자가 여기 땅 전체를 구입하고 수도원이 있던 자리에 호텔이나 자기 별장을 짓겠지. 그러면 수도사들이 지나다니던 그 우아한 산책로와 아름다운 장미나무들도 전부 사라질 텐데.

사제가 미사를 거행하는 주일에는, 미사를 드리기 위해 한참을 걸어서 임시성당으로 쓰이고 있는 마을회관까지 아이들을 안고 오는 여자들을 볼 수 있어. 레나, 너는 신교니까 잘 모르겠지만 교구성당에는 미사 때마다 여자들이 하얀 베일을 쓰고 있거든. 나는 솔직히 여기 사람들처럼 신앙심 깊게 살진 않았어. 그런데 그 하얀 베일을 보는 순간, 내 어린 시절이 떠오르는 거야. 내가 이곳에 태어났다면 지금 이 사람들처럼 살고 있지 않았을까. 아니, 확실히 그랬을 것 같아.

나처럼 사교적이고 외향적이면서 아직도 달콤한 연애를, 그러니까 토멕과 단둘이 낭만적인 숲속의 나무 아래에서 서로의 눈을 바라보며 마치 르누아르의 그림처럼 아름다운 사랑을, 꿈꾸는 여자가 과연 가난한 광부의 아내로 살수 있을지 그런 생각이 들어… 아, 물론 광부라는 직업을 깎아 내리는 건 아니야. 광부들이 캐는 석탄이 없다면 우리가 당연하게 누리던 일상도 한순간에 사라져 버리겠지.

토멕과 나는 여러 면에서 달라. 하지만 삶을 하나의 여행이라고 생각하는 관점은 쌍둥이처럼 닮은 것 같아. 여행은 마냥 즐겁기만 한 것이 아니라, 고되고 힘들 때도 있지. 사실 힘들 때가 즐거울 때보다 훨씬 더 많고… 그래, 네 말이 맞아. 우리는 단지 세르비아에서 하룻밤을 함께 보낸 사이야. 하지만 나는 마치 20년 전부터 토멕을 알고 지낸 것처럼 느껴져. 아마 넌 이런 감정을 이해할 수 없을지도 몰라.

그날 밤 토멕에게 말했어. 아주 작은 새가 되어서 날갯짓을 하며 자유롭게 하늘을 날아가고 싶다고. 그런데 잠시 후에 토멕이 '그렇게 멋지게 날고 있는 당신을 느긋하게 바라보고 싶소.'라고 말하는 거야. 처음에는 내가 잘못 들었나, 그가 잘못 발음한 건가, 굉장히 혼란스러웠어. 왜냐하면 나는 '언젠가 우리 함께 니스의 해안가를 날아가요.'

라든지 그런 대답을 기대했거든. 아! 다시 그를 만나고만 싶어. 정말이지 이런 기분은 처음인 것 같아."

작은 마을 브란코비나에 장날이 찾아왔다. 도시인들의 눈에는 그저 상인들과 농부들과 짐승들의 무리가 뒤죽박죽 섞여 있는 무질서한 배열로 보이겠지만, 쾌활한 시골 사람들에게는 그들 나름대로의 질서가 있다. 광장 가운데로 들어가면 들어갈수록 장사꾼들의 아우성이 점점 커지고, 외양간 냄새와 나무 냄새가 섞인 특유의 냄새가 후각을 자극한다.

끝없이 흥정을 하느라 시끄러운 군중 속에서 더 있고 싶지 않아, 그는 종소리가 들리는 곳으로 나아갔다. 광장을 지나오면서 보아 둔 식당이 거기 있었기 때문이다. 이미 식당 안에는 몇몇 손님들이 앉아 있었고, 입구에는 그들이 끌고 온 이륜차와 짐수레가 눈에 띄었다.

세르비아어를 꽤나 잘 알아듣는 그에게도 시골 농부들의 억센 사투리는 큰 난관이었다. 대충 들어보니 호밀 농사나 계속 오르기만 하는 물가에 대한 이야기였고, 그런 대화는 별로 그의 관심을 끌지 못했다. 차라리 사자나 하마를 사냥하는 모험가의 이야기였다면 잠시나마 그의 귀를 기울이게 했을지도 모른다.

———

'버터 바른 빵은 유럽 어디를 가도 먹을 수 있지. 굳이 여기에서까지 먹고 싶지는 않아.' 그는 매실과 자두를 잘라 밀가루 반죽에 구워 낸 요리와 삶은 달걀, 감자 수프를 주문했다. 클레르몽페랑이었다면 포토푀를 시켰겠지만 여기는 프랑스가 아니니까. 밖을 내다보니 광장 주변의 나무에는 장미꽃들이 만발해 있었다. 맛있는 점심요리보다 훨씬 더 풍미 있는 무언가가 그 장미꽃들에게서 느껴졌다.

점심을 먹으면서, 그는 탄광 마을에서 만났던 사비치 부인을 떠올렸다. 사비치 부인과 사비치 씨는 탄광의 골짜기로 가서 그들의 모든 인생을 바쳤다. 그녀는 남편 말고는 아무것도 필요로 하지 않았다. 사비치 씨가 건강하게 옆에 있어 주는 것만을 바라며 아주 초라한 침대에서도 언제나 행복했고 더 행복할 수 없었을 사비치 부인을 떠올리면서, 그는 소박하지만 영원한 사랑에 대해 생각했다.

호텔로 돌아오니, 프런트 직원이 기다렸다는 듯이 그를 부른다. 한참 동안 이곳에 없었으니 그동안 남겨진 메시지도 많았겠지. 대략 훑어보고 나서, 수신자 부담으로 통화를 하겠다고 프런트에 전화번호를 알려 주니 얼마 지나지 않아 직원이 재깍 연결시켜 준다.

"어때? 일은 잘 진행되고 있나?"

"글쎄요. 직접 와 보니, 상황이 생각보다 심각하더군요."

"딱히 지원이라고 할 만한 게 없어서 실망하지는 않았고?"

"뭐, 실망하지 않았다면 거짓말이겠지만, 적어도 저한테 맡겨진 일에 대해서는 걱정 놓으셔도 됩니다."

"토멕. 자네는 장점이 많네. 그중의 하나는 신중하다는 것이고, 또 다른 하나는 복잡한 것을 단순하게 만드는 재주가 있다는 것이지. 그래서 말인데, 이번 일도 단순하게 끝내 주길 바라네."

"지난번 로스토크 건에 대해서도 아직 수당은커녕 거기 들어간 비용조차 지급되지 않고 있는데, 너무 많은 것을 바라시는 거 아닙니까."

"이봐, 이봐. 우리도 기관인데 자네 몫을 떼어 먹겠나. 그림자들은 원래 움직임조차 포착되면 안 돼. 당장 내 계좌에서 로스토크 건에 들어간 모든 금액을 자네한테 송금한다고 치면, 자금 흐름이 한순간에 드러나는데 그런 바보짓을 하고도 자네랑 내가 무사할 것 같은가."

"차가 휘발유나 가스 없이 잘 굴러가기를 기대하지는 마십시오. 그나저나 아이는 잘 있는지 궁금합니다."

"잘 있네. 이제 막 3살이 되는데 그 아이는 평생 내 동생을 자기 아빠로, 제수를 자기 엄마로, 그렇게 알고 듬뿍 사랑받으면서 살아갈 거야. 자네가 원한다면 이따금 사진이라도 보내 줄까 하는데 어때?"

"괜찮습니다. 아이가 건강하게 자라 주기만 하면 충분하니까요. 그리고 여기에서의 일을 마친 후에, 몬테레이로

갈 때는 제가 지금 쓰고 있는 여권이 아니라 다른 여권이 필요할 겁니다."

"왜? 페냐 건 때문에 시날로아 패거리가 자넬 벼르고 있어서? 이번 건은 그쪽과 무관해. 굳이 녀석들을 자극하지 않는다면."

"말씀하신 것처럼 저는 항상 신중하게 움직입니다. 이미 한번 작업했던 나라에 다시 들어간다는 것조차 굉장히 꺼림칙한 일인데, 하물며 그 나라가 멕시코라면 덫이 사방에 깔려 있는 숲을 한밤중에 손전등 하나 없이 통과하는 것처럼 위험하니까요."

"그 말도 듣고 보니 일리가 있군. 알마란은 이미 몬테레이에서 자넬 기다리고 있을 텐데, 녀석에게는 계획이 변경되어 자네가 아닌 다른 사람이 파견될 수도 있을 거라고 전해 놓겠네. 일단 발칸에서의 상황이 정리되고 나면, 제일 먼저 내게 알려 주게나."

시간이 우리를 지나가는 것이 아니라, 우리가 시간을 지나가는 것이다. 원이 항상 둥근 것은 아니며 선이 항상 곧은 것은 아니다. 그는 지갑 속에서 아주 작은 스냅사진 한 장을 꺼냈다.

태어난 지 얼마 안 된 귀여운 아기가 엄마의 품에 폭 안겨 자고 있는 모습이었다. 그는 한참 동안 말없이 사진을 바라보고 나서 다시 지갑 속으로 집어넣은 후, 눈썹을 슬쩍 긁으며 베오그라드에서 출발하는 항공편을 알아보기 시작했다.

이능(異能)

(어느 날)

"여보세요."

"거기 점집입니까."

"점집은 아니지만, 사람들이 그 비슷한 이유로 여기를 찾아옵니다."

"예약할 수 있나요?"

"아니요. 그분이 언제 계실지 모르기 때문에 예약은 불가능합니다."

"그럼 어느 시간대, 아니지. 어떤 날에 주로 계십니까."

"맑은 날 대낮이 가장 확률이 높습… 삑~"

전화는 자동으로 끊겼다. 대략 20초나 그 즈음에 끊기도록 아예 처음부터 설정되어 있는 듯하다. 거기는 진짜 아는 사람들만 아는 곳이라 하던데, 그렇다면 나라고 안 가볼 수 없지.

(무더운 여름날)

"안녕하세요."

"무엇 때문에 오셨습니까."

"그분을 만나 뵙기 위해 왔는데, 대기자가 많이 밀려 있나요."

"당신 같은 분께서는 여기 오실 필요가 없었을 텐데 이상하군요. 왜냐하면 굉장히 운이 좋으시거든요. 지금은 대기자가 한 명도 없는 데다가, 마침 그분께서도 방금 오셔서 자리를 잡고 에어컨을 트셨습니다."

"아, 그런가요. 보통은 얼마나 대기가 밀립니까."

"적어도 20명 이상은 기다립니다. 그분께서 아예 안 나오시는 날이 많기 때문인데, 어떤 사람들은 아침 기차를 타고 와서 무려 8시간 넘게 기다리다가 빈손으로 돌아가기도 합니다."

"그분의 명성은 정말이지 대단하군요. 지금 안에 계시다고 하니, 어서 뵙게 해 주십시오."

"5분입니까. 10분입니까. 세전 1분당 16만 원입니다. 수납을 완료하셔야 그분을 뵐 수 있고, 예정된 시간이 끝나면 즉각 건장한 기둥서방 몇 명이 당신을 끌어낼 겁니다. 질문이 끝나지 않았다, 답변이 끝나지 않았다, 이런 식으로 저항하면 매우 폭력적으로 변할 수 있는 자들이니 그냥 순순히 나오시는 편이 좋습니다."

"그 또한 대단하군요. 10분으로 하겠습니다. 오로지 현금밖에 안 받으신다고 들었습니다만."

"한국 원화는 베트남 동이나 짐바브웨 달러 외에, 국제 사회에서 그보다 가치가 낮은 화폐를 찾기가 무척이나 어렵습니다.

파푸아뉴기니의 키나도 370원에 1키나. 통가의 팡가도 560원에 1팡가. 투르크메니스탄의 마낫도 380원에 1마낫. 루마니아의 레우도 280원에 1레우. 아제르바이잔의

마나트도 830원에 1마나트. 서사모아의 탈라도 480원을 줘야 1서사모아 탈라를 받을 수 있습니다. 지금까지 열거한 나라들을 모두 합쳐도, 우리나라의 경제 규모나 금융 인프라 절반조차 따라잡지 못할 텐데 정작 화폐 가치는 한국이 그들의 1/100도 안 됩니다.

　말라위 콰차가 그나마 단위가 비슷합니다. 하지만 한국 원화 1.3원에 1콰차를 받을 수 있는 말라위라는 나라가, 아프리카 어디에 붙어 있는지 아는 사람마저 드물 것입니다. 그분께서도 원래 미국 달러만 받으셨는데, 경제가 워낙 개판이라 고통 분담 차원에서 휴지조각이지만 자비로운 마음으로 원화도 받고 계십니다. 1400개를 줘야 1개를 받는 비율이라면, 얼마나 가치 없는 것인지 설명해 봐야 입 아픈 일이겠지요."

"여기 160만 원입니다."

"이야기를 제대로 경청하지 않으셨군요."

"네?"

"부가가치세(VAT) 10% 포함해서 176만 원입니다. 그분께서 이토록 싸가지 없는 화폐로 받아 주시는 것도 거의 적선이나 다름없는데, 설마 세금까지 저희한테 씌우려는 건 아니겠지요."

"아닙니다. 여기 만 원 짜리가 176장입니다."

"(드르르륵~) 정확하군요. 참고로 10분 문답하시는 동안, 저희는 위폐 검사와 비상탈출 예행연습도 진행합니다. 혹시라도 위폐가 하나라도 포함되어 있다면 마음의 각오를 아주 단단히 하셔야할 겁니다. 저희한테는 기둥서방들만 있는 게 아니라, 통나무 장사하는 놈들도 있습니다. 위폐가 발견되면, 쥐도 새도 모르게 통나무 꾼들에게 장기가 적출되고 껍데기들은 드럼통에 공구리 쳐져 서해 바다로 가라앉을 테니까요."

"알겠습니다. 이 문으로 들어가면 됩니까?"

"네. 지금부터 카운트 들어갑니다. 타이머나 알람을 안 가지고 오신 것을 보니 뭔가 예감이 불길하군요."

문을 열고 들어서자, 밖은 삼복더위인데 안은 시베리아 얼음골이 따로 없었다. 대형 식당에서나 볼 수 있을 만한 에어컨 두 대가 최대 풍량으로 가동되고 있었음에도 그분은 연신 땀을 흘리는 중이었다.

"안녕하십니까. 소문을 듣고 찾아왔습니다."

"뭘 물어보고 싶소?"

"일단 그 용하다는 '절대로 당첨이 안 되는 로또 번호'를 물어보고 싶습니다. 호칭은 어떻게 불러드리면 되겠습니까."

"당신이 생각하는 최고의 존칭은 뭐요."

"하느님?"

"그럼 그렇게 부르시오. 나는 ×도 운이 없는 놈이라서 일평생 쓰레기 취급만 당해 왔기에, 이젠 극존칭이 아니면 아예 대답조차 않거든."

"하느님. 이번 주 '로또 번호'는 무엇입니까."

"다섯 개밖에 말해 줄 수 없소. 오름차순으로 2, 3, 5, 7, 11 이오."

"한 자리 숫자는 웬만하면 안 나오겠군요."

"그건 모르지. 당신 멀쩡하게 생겼는데 기억력이 어지간히 나쁘군. 방금 말했듯이, 나는 ×도 운이 없는 놈이라니까. 당첨이 안 될 번호만 알지, 당첨이 될 번호를 어떻게 알겠소. 당첨될 번호들을 내가 알았으면, 여기 아니라 인도양의 어느 섬나라에 5성급 호텔 같은 저택을 짓고 거기서 무굴제국의 황제처럼 살고 있겠지."

"하느님. 그러면 저한테 돈을 빌려가고 갚지도 않고 오히려 뻔뻔하게 사기를 치려 드는 못된 놈이 있는데, 이 녀석이 언제 어떻게 죽을지 이런 것들은 하느님의 예지능력으로 알려 주실 수 없다는 것입니까."

"대개 내가 생각하는 정반대로, 세상은 움직이거든. 나는 심지어 그 흔하다는 사주팔자 볼 줄도 모른다오. 다만 그 놈의 체구가 건장하고 정력이 왕성한가?"

"네. 아주 천하장사처럼 힘이 좋은 놈입니다."

"아까 자네의 접수를 담당하던 사람이 그런 방면으로는 여러모로 잘 알고 있으니 나가면서 물어보시오. 매매혼으로 건너온 필리핀 계집들은 본국에서 한 이불 덮고 같이 자던 놈을 꼭 초청비자로 데려오지. 대한민국 국적만 따고 나면 자해를 해서 몸에 상처를 내고 한국인 남편한테 맞았다면서 가정폭력으로 신고를 하는데, 그러면 그게 남자한테 귀책사유가 돼서 이혼하기 쉬워지지. 그 후에 필리핀에서 같이 떡 치던 놈이랑 한국에서 사는데, 그것들은 돈만 넉넉히 주면 자기 부모라도 태연히 죽일 수 있는 것들이거든."

"하느님. 그러면 방법도 설정할 수 있습니까."

"그런 건 접수한테 물어봐야지, 답답한 사람. 만약 내가 이런 방법이 잘될 거라고 예측하면, 결코 그렇게 되지를 않아. 그 정도로 머리가 안 돌아가오? 내가 가진 남다른 이능(異能)은 거의 99.9999%의 확률로, 내 예측이 틀리다는 거요."

"생각해 보니 그렇군요. 로또 번호에 대해서는 99.9999%가 아니라 순수하게 100%라고 들었습니다. 하느님께서 찍어 주신 번호는 절대로 안 된다더군요. 대략 300회부터 시작하셨으니 700번 넘게 그 모든 숫자들을 전부 다 피해 가셨다는 것인데, 이건 정말 하느님이 아니면 불가능한 일입니다."

"시간 얼마 안 남은 것 같은데 더 물어볼 거 없소? 험한 꼴 보기 전에, 쓴 돈 만큼은 질문해 보고 나가지."

"아, 증권입니다. 계속 상승 중이던 KOSPI가 올해 벽두부터 급락하면서 아직 일 년도 안 되었는데 3300에서 2100까지 무너졌습니다. 이런 상황에서 과연 어떤 종목을 사야겠습니까?"

"당신. 무슨 질문하는지 알고는 있는 거요?"

"잘 알고 있습니다. 하느님께서 찍어 주신 종목은 반드시 그 회사에 누구도 예상하지도 못했던 악재가 일어나서, 만약 거기 2억 원을 투자했다면 단 2만 원만 남게 된다는 것을 소문으로 익히 들었습니다."

"××기계와 ××산업. 이 두 종목이 아주 잘될 것 같소. 내 예감상 거의 10영업일 연속 상한가를 칠 것 같으니, 나머지는 알아서 하쇼."

"거듭 감탄합니다. 이 소리는 무엇인가요."

"지진 아니면 싱크홀. 몇 번이나 자리를 옮겨 다녔지만 내가 가는 곳마다 이런 사고가 일어나지. 저런, 거기 지금 바닥이 갈라지고 있군. (천장이 자동으로 열리고 1인용 사다리가 내려온다.) 나는 워낙 많이 당해 봐서 운영비용으로 헬기를 구입했다오. 그나저나 당신, 이번 주 로또는 사 보지도 못하고 저승 가게 생겼소. 헐헐."

몬테레이로 가는 길

포르피리오 디아즈의 30년 독재가 끝난 후, '혁명기'라 불리던 20세기 초반에 멕시코의 북서부 소노라 지역은 많은 지도자들을 배출해냈다. 플루타르코 까예스가 대표적인 인물인데, 그가 전설적인 무법자 판초 비야를 은밀히 암살한 것에 대한 짧은 농담이 아직까지 전해진다.

《두 남자가 길에서 이야기를 주고받고 있다.
한 남자가 친구에게 말한다. "누가 비야를 죽였지? (¿Quién mató a Villa?)"
그의 친구가 답한다. "입 다물고 있게… 친구여. (Cálle… se, amigo.)"
(발음하면 "까예세, 아미고"가 되므로 까예스가 비야를 죽였음을 암시)》

20세기 초반의 멕시코 혁명은 판초 비야처럼 문맹이면서 결투에만 능한 무법자들에 의해 이루어진 것이 아니라, 농민 출신의 알바로 오브레곤부터 지주 출신의 아돌포 우에르타(허약한 마데로를 제거하고 스스로 대통령 자리에 올랐던 빅토리아노 우에르타와 구별하기 위해 "젊은 우에르타"라 불린다), 사생아로 태어나 잡화상을 비롯한 온 갓 바닥 생활부터 시작하여 이후 70년간 멕시코를 통치하게 되는 〈제도혁명당〉의 기틀을 만든 플루타르코 까에스처럼 교활하며 자신들이 원하는 것을 얻기 위해 어떤 방법이 필요한지 잘 파악하고 있는 소노라 지역의 영웅들에 의해 이루어졌다. 그래서 20세기 초반의 멕시코 혁명기를 '소노라 왕조 시기'라고 표현하기도 한다.

　몬테레이로 가는 항공편은 다양하다. 가장 빠른 직항은 텍사스주(州)의 휴스턴에서 탈 수 있는데, 1시간 30분 정도면 몬테레이의 헤네랄 마리아노 에스꼬베도 국제공항(MTY)에 도착한다. 하지만 그는 휴스턴처럼 습도가 높은 곳은 가급적 피하고 싶었다. 베오그라드에서 한 번의 환승을 거쳐 LAX 공항으로 이동한 후에, 북쪽에서 남쪽으로 국경을 넘었다. 며칠 정도를 소노라 근처에서 지내고 천천히 몬테레이로 갈 예정이었다.

"토멕, 못 알아볼 뻔 했습니다. 왜 그렇게 여윈 겁니까."

"지난번에는 일부러 25kg이나 체중을 늘려서 왔으니까 자네 눈에 그렇게 보일 수 있겠지. 오랜만이네, 알마란. 몬테레이에서 기다리지 않고, 뭣 하러 여기까지 찾아왔나."

"멕시코에 계시는 동안, 토멕의 신변은 제가 책임져야 합니다. 물론 토멕이 저보다 콜트 45구경을 더 신뢰한다는 것을 알지만, 여기는 여기대로의 규칙이 있으니까요."

"장난감처럼 생긴 리볼버보다는 콜트 45구경이 더 신뢰할 수 있지. 자네를 믿지 못하는 게 아니야. 자네가 그곳 조직을 잘 움직여 주면 몬테레이에서의 일도 수월하게 풀린다는 것을 알고 있어. 하지만 나는 기본적으로 혼자 움직이는 스타일이고, 자네가 그걸 모르지는 않을 텐데."

"잘 알고 있습니다. 그리고 사람의 목숨이 단 하나라는 사실도 잘 알고 있구요. 소노라에 오신 것을 보니, 쿨리아칸이나 마사틀란을 지나서 몬테레이로 가실 모양인데 목숨이 세 개라 해도 그곳들은 위험합니다."

"내가 위험을 무서워할 것 같은가."

"아니요. 위험 따위는 개의치 않으신다는 사실이 저를 더 무섭게 합니다. 정말로 몬테레이까지 횡단하실 계획입니까?"

"횡단은 아니지. 일단은 남쪽의 콜리마로 가야 해. 거기에 사적인 볼일이 있거든. 콜리마에서 다시 산 루이스 포토시에 들렀다가, 국도를 타고 몬테레이로 올라갈 거야. 자넨 여러 소리 말고 얼른 몬테레이로 돌아가서, 내 연락을 기다려."

멕시코의 몇몇 지역에서는 선(善)과 악(惡)을 구분하기 어렵다. 구분한다 해도, 그 기준은 종교적인 것이나 윤리적인 것이 아니라, 어느 쪽이 강한 쪽이고 어느 쪽이 약한 쪽이냐에 따라 구분된다. 쉽게 말하자면 힘이 센 쪽이 선(善)과 악(惡)을 결정한다.

악하게 살기는 쉽다. 악(惡)은 편리하기 때문이다. 악(惡)은 멕시코 사람만이 아니라, 전 세계 많은 사람들의 흥미를 끈다. 군이 애써 홍보하지 않아도 관객들이 알아서 즐겨 찾는 작품이다.

 지역 갱단의 누군가가 오늘 밤 마사틀란의 아무 집이든 하나를 골라 불을 지르겠다고 결심하면, 실제로 마사틀란 시내의 한 집을 충분히 태워버릴 수 있다. 불을 지르겠다는 악당의 계획은 절박한 것도 간절한 것도 아니지만, 그보다도 훨씬 더 절박하고 간절한 소망(집이 불타서 가족들이 다치거나 어렵게 모은 재산이 사라지기를 원치 않는)을 쉽게 능가해 버린다.

 악(惡)을 실행하기 위해서는 그저 결심만 하면 된다. 그러나 선(善)을 지키기 위해서는 훨씬 더 많은 것들이 필요하다. 폭력을 휘두르기 위해 필요한 것은 죄책감을 느끼지 않을 정도의 뻔뻔함이 전부이다. 하지만 그 폭력을 막기 위해서는 불철주야 주(州)경찰이나 시(市)경찰이 끊임없이 순찰을 다녀야 하고, 양민들이 그들 스스로를 지키기 위해 호신수단을 준비해야 한다.

사실 멕시코나 특정 국가만 그런 것은 아니다. 거의 모든 나라에서 악(惡)은 돌아다니기만 하면 되고, 선(善)은 부지런히 피해 다녀야 한다. 그렇기 때문에 선(善)은 무척 불편하고 악(惡)은 무척 편리하다. 멕시코의 오랜 역사가 말해 주듯, 폭력은 부당하게 시작하여 부당하게 끝난다. 그래서 자신이 일방적인 피해자가 되든지 아니면 더 강력한 폭력으로 복수를 하든지, 둘 중의 하나를 선택할 수밖에 없다. 이런 썩을…

 그가 콜리마 시내의 사비노스 대로를 걸어가면 젊은 여자들이 모두 뒤를 돌아보았다. 지난번 멕시코를 찾았을 때는 지역 건달처럼 보이기 위해 미친 듯이 살을 찌우고 조잡한 가짜 문신을 몇 개씩이나 몸에 그리고 다녔었기에, 어떤 여자도 그를 보기 위해 뒤돌아서지 않았다.

이번에는 다르다. 그의 여윈 턱은 견고했고, 그의 허리는 코르셋을 입은 것처럼 늘씬했다. 세로주름이 칼처럼 잡혀 있는 바지에, 근육질의 넓적다리가 탄탄한 모습을 드러내고 있었다. 범죄자 특유의 건들건들하는 걸음걸이가 아닌 육군이나 중세 기사들처럼 꼿꼿하게 균형 잡인 자세로, 그는 콜리마 여자들의 시선을 은근히 즐기면서 햇볕이 화창한 사비노스 대로변에 위치한 어느 우체국 안으로 들어갔다.

프랑스에 루앙 대성당이 있다면, 이곳 콜리마에는 과달루페 바실리카 대성당이 있다. 멕시코를 비롯한 북미에서 가장 오래된 대성당이며, 카톨릭이 아닌 사람들에게도 존경받던 거의 유일한 교황님인 故요한 바오로 2세 교황님께서 직접 찾아오신 곳으로도 유명하다.

콜리마 시내에서 조금 더 외곽으로 나가면 바다가 보인다. 대서양이 아닌 태평양이다. 바다로 내려가는 작은 골짜기에 들어서면 한 마을이 보이는데, 그가 말한 '사적인 볼일'은 바로 이 마을에 있는 것이다. 전통적인 어촌 방식으로 지어진 집들이 다닥다닥 붙어서, 마치 바닷바람을 서로 막아 주는 피난처와 같이 모여 있다.

"호르헤. 잘 있었나?"

"토멕 아닌가. 어쩐 일로 이 멀고 먼 바닷가 시골까지 찾아왔나."

"휴가를 받았어. 자넬 보고 싶어서 콜리마까지 왔다네. 그리고 명색이 자네 아들 마르띤의 대부(代父)인데 아무리 멀다 해도 마다하겠나."

"어서 안으로 들어오게. 요즘에는 바닷바람이 워낙 세서, 이런 날 밖에 오래 있으면 몸이 금세 굳어 버릴 거야."

집 안으로 들어가니 호르헤의 아내 페르난다가 수줍게 인사를 건넨다. 안락의자와 소파가 있는 거실로 들어가자, 그의 무릎 위까지 키가 자란 두 아이들이 와르르 달려온다. 그는 오른손으로 한 명을, 왼손으로 한 명을 너끈히 안아 올린다. 첫째가 마르띤. 둘째가 엔리께.

"따뜻한 차를 내올까요, 아니면 시원한 탄산수를 내올까요?"

"아. 그냥 두십시오. 저는 손님으로 온 게 아니라 호르헤의 친구로 온 겁니다. 이건 라이프니츠 비스킷인데 마르띤에게 선물로 주고 싶어서 사 왔으니, 어서 아이들을 불러다가 맛 좀 보게 하세요. 원래 아이들은 과자나 간식을 먹는 동안만큼은 천사처럼 조용해지니까요."

페르난다가 두 아이들을 데리고 2층으로 올라가는 것을 끝까지 지켜본 후에, 호르헤가 조용히 말을 꺼냈다.

"이제 주위에 아무도 없으니 솔직하게 말해도 되네. 자네가 설마 라이프니츠 비스킷을 아이들한테 먹이기 위해 콜리마까지 올 리가 없지. 그래, 내가 자네를 위해 뭘 해 주면 되는가."

"그렇게 서두르지 마. 여긴 프랑스가 아니라 멕시코니까."

"차라리 프랑스였으면 좋겠군. 은퇴하고 나서 한적한 바닷가 어부로 살아가면 마음이 조금 편해지려나 싶었는데, 막상 그게 또 그렇지가 않아."

"왜. 다시 한번 호르헤가 아닌 조르쥬로 살고 싶나? 내가 볼 때, 자네는 그림자보다 어부가 더 어울려. 예수께서도 말씀하셨지."

"어떤 말씀을?"

"네가 바다에 가서 낚시를 던져 먼저 오르는 고기의 입을 열면 돈 한 세겔을 얻을 것이니, 가져와 너와 나를 위해 주라 하시니라."

"마태오 복음서에 나오는 성(聖) 베드로의 이야기로군. 정말 휴가를 보내러 여기 콜리마까지 온 건가?"

"그래. 적어도 콜리마에는 휴가로 온 거야. 처리해야 할 일들은 몬테레이에서 세자르 알마란이 준비하고 있지. 아, 자네는 알마란을 모르겠군. 자네가 은퇴하고 나서 들어온 신참이니까."

"토멕. 내 진심으로 하는 얘기인데, 위험한 일은 이제 그만두게. 꼭 나처럼 바닷가 촌놈으로 살라는 말이 아니야. 자네는 이미 에이스 투 페어를 들고 있어. 그런데 왜 만족하지 못하고 플러쉬를 노리는가."

"그건 나도 잘 모르겠네. 만약 플러쉬를 들었지만 한 라운드 더 바꿀 기회가 주어진다면, 나는 그 플러쉬를 버리고 서라도 스트레이트 플러쉬를 노릴 거야."

"어쩌면 그게 오히려 자네답지. 기사(騎士)와 군인(軍人)의 수호성인인 성(聖) 게오르기우스의 가호가 있어, 몬테레이에서 어떤 일이 생기더라도 그분께서 자네를 보호하시기를 나와 내 아내는 기도하겠네."

"호르헤. 자넨 겉으로는 강해 보이지만 너무 선량해서 애초에 그림자로 살 수 없는 사람이었어.
우린 오랜 시간을 함께 지냈기에 자네도 이미 잘 알고 있겠지. 나는 타인이 계속 내 곁에 있으면 불편해지고, 그 불편감은 고독을 통해서만 진정되는 사람이라는 것을. 조금 더 있다가 마르띤이 비스킷을 다 먹고 내려오면, 작별 인사를 해 주고 몬테레이로 출발하겠네. 만약 자네가 내게 해 줘야 하는 일들이 있다면, 우리가 함께 지내던 그 시절에 이미 다 내게 해 준 것들일세."

산 루이스 포토시는 그야말로 성당의 도시이다. 시내에만 20개가 넘는 성당이 있는데, 그 가운데서 가장 유명한 성당은 산 루이스 포토시 대성당이다.

17세기에 건축되었고 여러 번의 증축과 개축을 거쳤지만, 이곳은 여전히 건축 당시의 바로크 양식을 그대로 간직하고 있다. 그는 아르마스 광장과 까르멘 광장 사이에 위치한 이 대성당을 지날 때마다, 멕시코 전체에서 '가장 멕시코다운 곳'이라는 느낌을 받곤 했다.

시내를 동서로 길게 가로지르는 베누스티아노 카란자 대로는 20세기 초반의 혁명기에 활동했던 정치가 베누스티아노 카란자의 이름을 딴 것이다. 하지만 카란자는 산 루이스 포토시에서 훨씬 북쪽인 미국과의 국경 지대 코아후일라 출신이며 그의 정치적 고향도 코아후일라였다. 산 루이스 포토시와 베누스티아노 카란자 사이에는 어떠한 접점도 없다.

"토메이로군. 반갑네. 이 가게는 어떻게 알고 찾아왔나."

"오랫동안 같이 일했던 친구가 어디서 뭘 하고 지내는지도 모르면 친구라고 부를 수 있겠나. 포토시는 자네 고향도 아닌데, 뭣 하러 이런 곳에서 숨어 지내고 있는지 도무지 모르겠네."

"아직 완전히 은퇴한 것은 아니거든. 그 말은 언제 다시 처리해야 할 일이 생길지도 모른다는 뜻이지. 몇 년을 준비한 일의 성패(成敗)가 단 하루 사이에 결정되는 바닥이니까, 항상 몸을 만들고 언제든 투입될 준비는 하고 있어. 매일 평범한 가게 주인으로 살아가는 자세를 보여줘야 쿨리아칸 놈들도 나를 견제하지 않을 거고."

알바로의 머리카락은 그를 보지 못한 몇 년 사이에 반백으로 변해 있었다. 하지만 라틴아메리카 남자들이 가지고 있는 특유의 열정과 낙관주의는 그대로 남아 있는 듯 보였다. 한때 함께 일했을 무렵, 서로는 공통점보다 차이점이 많은 동료였다. 그가 차가운 얼음이라면, 알바로는 뜨거운 불꽃이었다. 하지만 일에 임하는 태도나 일을 처리하는 방식에 있어서는 큰 차이가 없었다.

"잠시 기다려 보게."

알바로는 품에서 낡은 하모니카를 꺼냈다. 상당히 오래된 것처럼 보이는 그 하모니카를 알바로는 항상 소중히 여기고 정성스레 보관했다. 은색의 떨림판을 통해, 이남이의 〈울고 싶어라〉가 들려왔다. 예전에 그가 불렀던 단한 번만 듣고서, 〈울고 싶어라〉를 악보 없이 하모니카로 아름답게 연주할 수 있는 재능이 알바로 콘트레라스에게 있었다. 아즈텍의 신(神)들은 자신들의 후손에게 뛰어난 음악적 능력을 물려준 듯하다.

"어때. 옛날 생각이 조금 나는가?"

"그야말로 마음이 움직이는군. 당연히 옛 생각이 나지. 오늘 자네를 찾아온 것은, 일을 다시 시작하자고 온 게 아니야."

"일 때문이 아니라면 무슨 바람이 불어서 이 멀고 먼 곳인 포토시까지 왔나?"

"멕시코에는 일 때문에 온 것이 맞아. 그렇지만 이번 일은 지난번 페냐 건과 엮였던 쿨리아칸 패거리들과 무관해. 산 루이스 포토시는 지나가는 길에 자네에게 개인적인 부탁을 털어놓고 싶어 온 거라네."

"요나단이 다윗에게 이르되, 네 마음의 소원이 무엇이든지 내가 너를 위해서 이루리라."

"사무엘 기에 나오는 요나단의 맹세. 자넨 요나단이 다윗을 생각하는 그 이상으로, 나를 아끼고 지켜 주었지. 그래서 내가 이런 부탁을 할 상대는 자네뿐이라고 생각했어."

"말해 보게. 무슨 부탁인가?"

"딱 부러지게 말하면 이번 일은 잘 안될 가능성이 높아. 알마란은 풋내기에 불과하고, 나는 이미 페냐 건으로 잘 알려진 인물이라 아무리 체중을 감량하고 다른 여권을 사용해도 결국 시날로아 패거리들이 눈치챌 거라고 보네."

"그러면 처음부터 거절하지, 이 사람아. 계속 얘기해 보게."

"만약 내가 잘못되면, 프랑스 아미앵에 있는 내 친구에게 직접 친필로 쓰고 서명한 이 쪽지를 전해 주겠나? 자세한 주소는 쪽지 뒷면에 적어 두었네. 그러면 그가 내 일평생의 퇴직금이나 다름없는 금괴가 묻힌 곳을 알려 줄 걸세. 자네는 그걸 현금화해서 1/3은 내 대자(代子) 마르띤에게, 1/3은 리스본에 있는 제로니무스 수도원에 기증해서 내 유해(만약 없으면 지금 내 손에 들려있는 묵주)를 안장하는데 쓰고, 나머지 1/3은 자네가 알아서 좋은 일에 집행하길 바라네."

"그야말로 내키지 않는 부탁이로군. 하지만 오랜 친구의 부탁이니 어쩔 수 없지. 아미앵에 있다는 사람은 자네랑 어떤 사이인가?"

"프랑스에 머무를 때 알게 된, 입이 무거운 여관 주인일세. 이 쪽지를 보고 난 후에도 완전하게 나의 죽음을 확인하기 전까지는, 결코 그 존재조차 발설하지 않을 만큼 믿음직한 사람이기에 맡겨 놓은 것이지."

"알겠네. 그럼 자네의 묵주는 내가 잠시 동안 간직하고 있을 테니, 언제든지 이 묵주를 다시 찾으러 오게나."

처음 만났을 때 세자르 알마란은 스물셋이라고 본인의
나이를 밝혔지만, 이미 여러 사람과 여러 얼굴을 보아 온
그의 눈에 알마란은 잘 쳐 봐야 열여덟 살을 갓 넘긴 소년
이었다. 다만 무표정한 듯 보이는 그 소년의 두 눈에는 까
닭을 알 수 없는 분노가 서려 있었다.

당시에는 그렇게 견습생 정도에 불과하던 소년이, 몇 년
이 지난 후인 지금은 에르난 까비에데스의 뒤를 이어 몬
테레이 조직의 리더인 '방울뱀'으로 불리고 있다.

에르난 까비에데스는 가슴에 엄청나게 큰 사냥칼이 박힌
채로, 몬테레이 시(市) 외곽에서 다른 몇몇 조직원들의 시
체와 함께 발견되었다. 사냥칼의 칼자루에는 C. A.라는
약자가 선명하게 박혀 있었다. 마치 까비에데스의 시대는
완전히 끝났으며, C. A.라는 약자를 이름으로 가진 누군
가의 시대가 찾아왔다는 것을 알리는 메시지처럼.

신참이자 무명이던 시절의 알마란을 기억하던 그에게, 지금 아무리 '몬테레이의 방울뱀'이라 불린다 해도 알마란은 여전히 열여덟을 갓 넘긴 꼬마처럼 불안하게 느껴졌다.

그와 오랜 시간을 함께 일했던 동료 호르헤 델가도(조르쥬 루비에르), 알바로 콘트레라스, 안토니우 쿠날, 슬라비사 브르노비치처럼, 갑작스럽게 어떤 경우가 발생하거나 어려울 것처럼 보이는 임무를 부여받아도 걱정 없이 듬직하게 함께 행동할 수 있는 파트너가 아니라.

몬테레이의 조직 또한 처음에는 그와 같은 생각이었다. 대서양 해안 타마울리파스 출신의 키 작은 꼬맹이가 '방울뱀'의 자리에 오르리라고 당시에는 누구도 예상하지 못했을 것이다. 하지만 그 무표정한 소년은 끈질기게 자신의 시간이 오기를 기다리고 또 기다렸다.

세자르 알마란은 좀처럼 흥분하거나 순간적인 기분에 휩쓸리지 않는 성격이었다. 민첩한 몸놀림으로 시체더미 위를 날렵하게 기어 올라가, 얼굴과 온몸이 완전히 엉망으로 망가진 사체들 틈에서 제법 쓸 만한 칼을 챙겨온 알마란은 두 손이 피범벅이 된 채로 순진무구한 동시에 잔인한 미소를 조직의 선배들에게 지을 정도였다.

남십자성을 보고 항해하던 옛날 선원들처럼, 세자르 알마란 역시 멕시코의 황량한 사막에서도 언제나 바른 길을 찾아냈다. 인골(人骨)과 모래와 비쩍 마른 나무들 사이를 헤치며, 그렇게 천천히 흘러가는 시간 속에서 알마란은 자신의 입지를 점점 다져 갔다.

"댁이 그 유명한 토멕이로군. 왜 다시 여기로 왔는지 모르겠지만, 잘못된 선택을 한 거야. 우리가 당신의 정체를 알아차리는 데에 그다지 오랜 시간이 걸리지 않았거든."

"말하는 억양을 들어 보니 사카테카스 출신인가 본데, 그냥 시골에서 들개 사냥이나 할 것이지. 무엇 때문에 산 루이스 포토시까지 왔나."

"이봐. 지금 당신 처지를 알고 그런 한가한 소리를 하는 거야? 우리는 쿨리아칸 사람들 대신에, 당신 시체를 조각내러 온 거라고. 시날로아 카르텔은 한 번 당한 굴욕을 절대 잊지 않아."

"몇 명인지 모르겠지만 굳이 나 하나 처리하는 데 이렇게 한 트럭 넘는 똘마니들이 필요한가."

"여기에서 절대로 당신을 놓쳐서는 안 되니까. 트럭이 아니라 대형버스에 꽉 채워서라도 가능한 많이 데려왔어야 했거든."

"내가 머물고 있는 곳에 대한 정보는 몬테레이의 알마란이 자네들 쪽으로 흘렸겠지. 그래서 자네들이 알마란과 시날로아 패거리들한테 받는 보수는 얼마 정도인가? 1인당 10만 페소 정도라면, 차라리 몇 명은 여기 데려오지 말고 그쪽 인력사무소에 놔두고 오는 편이 나았을 텐데. 남는 돈으로 소고기라도 사먹게 말이야."

"끝까지 여유를 부리시는군. 어때? 믿는 도끼에 발등 찍힌 기분이."

"잘 모르면서 아는 것처럼 말하지 마. 나는 세자르 알마란을 한 번도 진심으로 신뢰한 적이 없어. 하지만 내가 만약에 죽더라도 몬테레이로 가는 도로에서 지뢰가 터지거나 해서 죽을 줄 알았지, 이렇게 포토시의 이름 없는 여인숙에서 사카테카스 개장수들한테 당했다고 소문이라도 나면 내 체면은 뭐가 되나."

순간 그는 최루가스가 담긴 질레트 면도크림 통을 뒷주머니에서 꺼내 개장수 우두머리 쪽으로 뿌려대기 시작했다. 좁은 방 전체가 삽시간에 뿌연 최루가스로 가득 찼고,

미리 준비해 두었던 고글을 끼고 있던 그는 사카테카스 개장수들의 머리마다 콜트 45구경 한 방씩을 그들의 종부성사 대신에 베풀었다. 명이 질긴 놈들은 몇 방이 더 필요했지만 아무튼.

처음부터 끝까지 3분도 걸리지 않았고, 탄창은 두 번 이상 갈아 끼울 필요도 없었다. 이래서 동네에서만 노는 갱들은 그냥 건달이나 마찬가지라니까. 머릿수가 많아 봤자 정작 본판이 시작되면 '행인 1'이 되어 버린다고. 그나저나 알마란 이 녀석. 못 보던 사이에 간이 아예 배 밖으로 나왔군. 조금만 기다려라. 곧 네가 태어난 타마울리파스 해변으로 끌고 가서 대서양의 물고기 밥으로 만들어 줄 테니, 코홀리개 자식. 잠깐. 그 전에 수신자 부담으로 전화 한 통.

"토멕. 갑자기 무슨 일인가."

"세자르 알마란이 시날로아 패거리에 붙었습니다. 모르는 일이라고 잡아떼실 생각이시라면 지금 바로 끊겠습니다."

"이봐. 제대로 설명이나 해 주고 끊든지 말든지 해야지. 알마란이 왜 시날로아 패거리와 붙어먹겠나. 놈을 지금의 자리에 앉게 도와준 우리한테 무슨 이유로 뒤통수를 치고 나온다는 말인가."

"그 이유는 기관에서 더 잘 알고 있겠지요. 자신들이 키우고 관리하는 인물의 배신조차 파악하지 못했다면, 그런 무능한 조직과 제 운명을 함께해야 할는지 다시 생각해 봐야겠습니다."

"알마란이 진짜로 뒤집었다면, 이번 일은 아예 처음부터 글렀군. 그러면 어쩔 셈인가? 시날로아 패들이 자넬 잡으러 이를 갈고 있을 텐데."

"그렇잖아도 방금 사카테카스 촌놈들이 청탁을 받고 저를 지우러 왔었습니다. 애초부터 낌새가 뭔가 이상해서 최루가스를 미리 준비하지 않았더라면, 저는 아마 지금쯤 저승에 가 있었을 겁니다. 몬테레이 조직 내에 심어 놓은 다른 녀석은 한 명도 없습니까."

"유감스럽게도 없네. 우리가 세자르 알마란을 너무 가볍게 봤어. 까비에데스 제거도 사전에 허락 없이, 혼자서 독단적으로 벌인 일이었지만 놈을 키워 줄 생각으로 넘어가 줬거든. 지금 생각해 보니 그때 한 놈을 더 집어넣었어야 했는데."

"그 일은 어차피 지난 일이고, 저는 저대로 그 간사한 새끼를 잡으라가 토멕이 어떤 사람인지 놈의 오장육부를 통해 알려 주겠습니다. 살리케트, 아쿠냐, 바렐라, 데 야노. 이 네 사람만 체크해 주십시오. 몬테레이 조직의 핵심 중에서도 핵심들인데 전부 다 알마란과 함께 뒤집었는지 아니면 아직 말이 통할 만한 놈이 있는지를."

"지금 당장 체크하겠네. 그런데 자네한테 연락은 어떻게 해야 하나? 원래 이런 연락마저도 알마란이 담당하게 되어 있었으니 이거 참."

"시날로아 패거리나 알마란도 조만간 자신들의 기습이 실패로 돌아갔다는 것을 알게 될 텐데, 그렇다면 시간 싸움입니다. 저는 57번 국도가 끝나는 사르티요 근처에서 다시 연락을 취해 보겠습니다. 그리고 지금 당장 샌안토니오에 있는 페르난도 마예하를 끄집어내서 특급 배송으로 몬테레이에 날려 주십시오. 이가 없으면 잇몸이라고, 몬테레이 조직과 싸움 비슷한 것이라도 붙여 보려면 제일 가까운 곳이 샌안토니오 입니다."

"그건 염려하지 말게. 마예하는 물론이고, 텍사스 주(州) 전체에서 우리가 버튼만 누르면 각 잡고 튀어나올 수 있는 모든 그림자들을 수소문해서 가장 빠른 놈으로 즉시 보내겠네."

1940년 중반부터 1980년대 후반까지 지속되어 〈멕시코의 기적〉이라 불리던 고도의 경제성장이 유가하락과 외채폭증으로 인해 그 막을 내리고, 오히려 복지정책 축소와 임금수준의 저하로 인한 양극화가 극심하게 진행되던 1990년대의 멕시코는 더 이상 제도혁명당의 70년 장기집권을 허용하지 않았다.

비센테 폭스. 또는 '코카콜라 맨'이라 불리는 남자(註釋 :

실제로 비센테 폭스는 뛰어난 실적을 바탕으로, 코카콜라 멕시코 지사에 입사한지 10년도 안 되어 코카콜라 멕시코의 CEO가 되었다. 그가 코카콜라 멕시코의 CEO로 재직하는 동안, 멕시코 내 코카콜라의 판매량이 40%가량 늘어나는 등 괄목할 만한 성과를 거두었다. 때문에 그는 입지전적인 인물로 평가되는 동시에, 멕시코 인들에게 직장인으로서 성공신화를 써내려간 전설적인 존재로 남아 있다.)가 국민행동당의 이름을 걸고 처음으로 제도혁명당 출신이 아닌 대통령이 되면서, 멕시코의 모습은 조금씩 달라져갔다. 그리고 국민행동당은 펠리페 칼데론이라는 차기 대통령까지 배출해 낼 수 있었다.

혁명기부터 줄곧 6년 단임제로 대통령을 선출하던 전례로 비추어 보아, 〈국민행동당의 12년 집권〉은 멕시코 국민들의 변화에 대한 갈증과 제도혁명당에 대한 오래된 실망감을 잘 보여 주었다. 그러나 비센테 폭스의 뒤를 이어 대통령의 자리에 오른 펠리페 칼데론은 그 갈증을 전임자 '코카콜라 맨'처럼 시원하게 풀어 주지 못하였다.

오히려 본인과 가족들의 비리 의혹이 불거졌고 거기에 경기침체가 더해지면서 지지율은 한때 11%까지 추락했다. 그리고 무엇보다 펠리페 칼데론 시기에 멕시코 마약 카르텔의 세력은 20세기 중반 이후로 가장 크게 팽창하여, 북부 지역의 치안은 아예 공백상태가 되어 버렸다.

　수적으로는 물론 '할리스코의 아이들'이 멕시코 내에서 가장 많다. 그러나 그의 눈에 '할리스코의 아이들'은 시날로아 패거리에 비하면 젖먹이 수준에 불과했다. 이번에 그가 맡은 일은 시날로아 패거리와 무관했지만, 사카테카스 출신 개장수의 말처럼 그들은 한 번 당한 굴욕을 결코 잊지 않는다. 누군가 자기 조직원의 목을 잘랐다면 상대 조직원의 허리를 잘라 복수하는 것이 바로 시날로아 카르텔의 방식이다.

"토멕인가? 지금 어디까지 와 있나."

"사르티요 공항 바로 앞입니다. 마예하와 그림자들이 가장 빨리 도착할 수 있는 방법은 비행기밖에 없다고 생각했습니다."

"페르난도 마예하는 아직 사르티요나 몬테레이 근처까지 도착하지 못했네. 그 대신 가장 빨리 호출할 수 있었던 비센테 게레로가 지금 사르티요 공항 근처에 있는 코아후일라 공과대학 안에서, 우리 쪽에 가담할 수 있는 자들을 실시간으로 체크하는 중이지만 좋은 소식이 없네."

"까비에데스 제거를 알마란이 독단적으로 결정했던 것처럼, 이번 일도 아마 몬테레이 조직과 사전에 조율 없이 알마란 혼자서 벌였을 가능성이 높습니다. 하지만 아직까지도 조직 핵심인물들 모두가 알마란에게 고개를 숙이고 있다면, 상황은 거의 절망적이군요."

"애초의 계획이 완전히 어그러진 지금, 차라리 멕시코를 떠나는 것이 어떤가? 물론 알마란에게 뒤통수를 맞은 자네 심정도 이해는 가. 하지만 알마란이 변덕을 일으킨 이상, 놈은 상당히 오랜 기간 준비를 했을 가능성이 높네. 자네를 제거하라는 명령은 시날로아 쪽에서 왔겠지만, 알마란은 성격이 치밀한 놈이라 자네가 멕시코로 향한다는 사실을 포착한 순간부터 이미 함정을 잔뜩 깔아 놓았을 거라는 말일세."

"그렇든 아니든, 저는 죽더라도 몬테레이로 가는 길에서 죽겠습니다. 아이를 당당하고 자랑스러운 남자로 길러 주십시오."

친구들이 크리스마스를 맞아 성모 마리아와 아기 예수의 그림을 열심히 종이로 오리고 파스텔로 그리던 때에, 영리한 소년이던 그는 자신의 미래를 예견하는 일곱 문장을 남겼다.

"너는 남자가 되리라.
어린 시절 네가 버려졌듯이.
그렇게 외롭고 세상 모든 것에 낯설어하며.

———

네가 할 수 없다고 생각하는 것들과 죽는 날까지 추구해도 얻을 수 없다고 여겨지는 것들을.

그리워하는 마음으로 가득 채운 남자가 되리라.

마침내 네가 마음에 사랑하는 자를 만나.

너의 삶 전체를 참된 친구로 만들어 너의 손에 스스로 쥐게 하리라."

시트로엥 세단의 시동을 걸면서, 그는 조수석에 넓은 챙모자를 눌러쓰고 앉아 있는 개장수 두목을 슬쩍 바라보았다. 생각보다 쓸 만한데? 세자르 알마란의 눈에는 보이지 않겠지만, 네 입 안에 사탕처럼 물려 있는 조그마한 폭탄은 한 개에 자그마치 2만 달러짜리란 말이다. 두 개니까 4만 달러. 가격이 꽤나 비싼 만큼, 웬만한 안전가옥(safehouse) 한 채 정도는 시원하게 날려 버리고도 남을 정도로 폭발력이 강하지. 그러니까 빨아먹지 말고 단단하게 물고 있으란 소리야. 이건 어디까지나 전 세계 애견인들에 대해 네가 표시해야 할 일종의 유구무언식 사죄니까.

개장수 두목은 입안에 사탕 두 알을 단단히 숨긴 채, 알마란에게 배신의 대가로 안겨 주고 싶은 조그마한 선물이 되어 있었다. "넌 내 마음의 안식처~ 보고 또 보고, 주고 또 주고만 싶죠~ ♪" 노래 가사처럼 너를 영원한 안식처로 보내 주마, 꼬맹이 녀석. 여기 작은 기폭장치를 눌러 보렴.

그는 사르티요에서 몬테레이로 향하는 40번 국도에 들어섰다. 비록 최악의 패였지만, 상대의 풀하우스에 맞서 싸울 마음의 준비가 되어 있었다. 푸른색 시트로엥은 탁 트인 40번 국도를 따라 해가 높이 떠 있는 동쪽으로 가볍게 순항하기 시작했다. 그와, 이제 새롭게 그의 친구가 된 개장수를 싣고.

우리가 한때
작은 새들의 날갯짓을
지켜보던 그곳에서

"켈랑. 어서 이리 와 봐. 큰놈이 지금 막 새끼를 낳고 있어."

"자파렐, 지금 태어나고 있는 송아지는 나중에 더 자라도 투우 판으로 보내지 말자. 언제까지 그 패거리한테 상납만 하고 지낼 거야?"

"상납이 아니야. 소들이 덩치가 제법 커지면 싸움에 나갈 수 있고, 그러면 소를 키워낸 우리한테도 상금이 약간이나마 떨어진다고. 이 가난한 시골 마을에서 살아가려면 단 한 푼이 아쉬운 마당에 뭘 그래."

켈랑은 외양간에서 새끼를 낳은 암컷을 만져주느라 더러워진 손을 깨끗이 씻고, 아침을 먹으러 부엌으로 들어갔다. 그의 아내 노르마는 벌써 아이들을 먹이고 나서 남편의 아침식사를 준비하고 있었다.

"오늘도 아주버님은 투우 판에 가시겠죠?"

"응. 형이야 다른 취미도 없고, 그저 투우 보는 낙에 사는

걸. 노르마, 우리도 내년에는 도시로 이사 갈까? 여기에서
소를 치고 농사짓는 것만으로는 우리 식구들 살아가기도
벅차. 게다가 에다트는 매일같이 아파하는데 변변한 약도
제대로 못 먹이잖아."

"여보, 저는 도시가 아니라도 괜찮아요. 에다트도 자연에
서 지내는 편이 건강에 훨씬 좋을 거구요. 아주버님은 어
서 좋은 사람을 만나 새장가를 드셔야, 투우 같은 도박에
빠지지 않고 든든한 가정을 꾸리면서 사실 수 있을 텐데
늘 저러시니 걱정이네요."

"그게 어디 우리 마음대로 착착 되겠어? 형도 나름대로 시
간이 필요하겠지. 얼른 밥이나 한 접시 주구려."

켈랑이 식사를 마치고 다시 외양간에 가 보니, 조금 전에
새로 태어난 송아지가 눈을 끔뻑끔뻑 거리며 켈랑을 반기
고 있다. 자파렐의 친구 문닥이 어느새 그곳에 와 있었다.

"오랜만이네, 켈랑. 자넨 정말 동물을 길러내는데 재주가
있어. 자네가 길러낸 소들은 하나같이 힘도 좋고 여물도

잘 먹더란 말이야."

"아, 그런 건 딱히 무슨 재주도 아닙니다. 송아지들은 정
성 들여 제때마다 끼니를 챙겨 주고 잘 씻겨만 주면 알아
서 건강하게 크는걸요."

"에이, 겸손해할 필요 없어. 일단 투우 판이 벌어졌다 하
면, 거의 다 자파렐이 데려온 소들한테 돈을 건다고. 그만
큼 자네가 키운 소들을 믿는다는 뜻이지."

"문닥 형님도 이제 투우 같은 걸로 도박하는 일은 그만하
세요. 그리고 얘기가 나왔으니 말인데, 소들이 무슨 죄가
있어서 죽을 때까지 피를 흘리고 서로 싸워야 됩니까."

"켈랑. 파타니에서 투우는 우리 말레이 사람들에게 남은
유일한 전통놀이야. 아, 베트남 놈들은 아예 권총으로 룰
렛을 하는데 거기에 비하면 우리는 훨씬 건전한 편 아닌
가."

"솔직히 그런지 아닌지 잘 모르겠습니다. 여기 파타니에

서 우리가 얼마나 이런 식으로 더 버텨나갈 수 있을지도 모르겠구요. 물론 옛날 옛적부터 말레이 사람들이 여기 살았다고는 하지만, 지금은 어디까지나 태국 놈들의 영토에요. 저는 제 자식들까지 이방인 아닌 이방인으로 살아가게 하고 싶지는 않습니다."

"마음 약한 소리 하지 말게나. 우리 말레이 인들은 말레이 인들끼리 뭉쳐 있었기 때문에 그나마 여기에서 살아갈 수 있었던 거야. 만약 자네가 살생을 금하는 불교도가 되고 싶거들랑 얼마든지 그렇게 하게. 다만 자네 안에 흐르는 말레이의 피는 결코 바꿀 수 없어."

켈랑은 외양간을 나와, 크레텍 담배 한 개비를 입에 물었다. 불을 붙이고 한 모금 내뱉으니 정향(丁香) 냄새가 강하게 풍긴다. 그는 예전에 씹는담배인 베텔을 피웠지만 빈랑 때문인지 치아가 나빠져서 바로 끊어 버렸다.

그가 바라는 것은 단순했다. 자신이 정성들여 키운 소들이 죽을 때까지 피를 흘리며 싸우지 않아도 살아갈 수 있는 세상에서, 태어나면서부터 간질로 고통받고 있는 아들 에다트의 병이 나아 건강하고 행복하게 살아가는 것뿐이었다.

 예전부터 켈랑은 아들의 병을 낫게 하고자 온갖 일들을 마다하지 않았다. 아들을 치료할 수만 있다면, 지금까지 해왔던 일보다 더 한 일도 얼마든지 할 결심이었다. 그는 크레틱 담배를 비벼 끄고, 동네친구인 사누의 집으로 발길을 옮겼다.

"사누. 자네 혹시 링기트가 조금 있는가."

"아, 지난 달 말레이에 갔을 때 환전해 둔 것이 어느 정도 남아 있을 거야. 그런데 링기트는 갑자기 왜 필요하나."

"자네도 알겠지만 여긴 진료소가 형편없어. 아들 녀석을 말레이나 싱가포르에 있는 병원에 데리고 가서 치료를 받게 하고 싶은데, 시내에 있는 환전상들은 너무 지독한 놈들이라서 자네한테 물어보는 걸세."

"내게 링기트가 있다고 해도 그 정도로 많진 않아. 차라리 노름판에서 쩐주 노릇 하는 놈들한테 얘기하는 편이 더 빠를 텐데. 놈들은 바트건 링기트건, 쓸 수 있는 돈이라면 가리지 않고 받으니까 말이야."

"자파렐 형은 매일같이 거기 가지만, 나는 한 번도 그런 노름판에 간 적이 없어서 잘 몰라. 자네가 말하는 '쩐주' 중에 돈 떼먹지 않고 제대로 된 값으로 환전해 줄 만한 이름을 하나 소개해 주겠나?"

남자의 얼굴은 노름판 쩐주라기보다 조폭 두목처럼 보였다. 문신이 없는 것으로 보아 진짜배기는 맞는 듯하다. 원래 문신이란, 약한 자들이 허세를 부리기 위해 그린다는 것쯤은 켈랑도 이미 잘 알고 있었다.

"인레르 씨 되십니까? 사누라는 남자에게 소개를 받고 찾아온 켈랑이라고 합니다."

"무슨 일로 찾아왔소."

"링기트를 구하고 싶습니다. 가능한 많이."

"환전상에게 갈 것이지, 구태여 나를 찾아온 이유는 뭐요."

"제가 사는 시골동네에는 환전상이 없고, 파타니 시내에서 환전하는 놈들은 기준보다 높은 10바트로도 1링기트를 주지 않습니다. 1링기트에 13바트 넘게 요구하는데 이게 말이나 됩니까."

"거야 그렇지. 환전하면 링기트를 뭣에 쓰려고."

"아들 녀석이 간질로 오랫동안 고생하고 있는데, 말레이나 싱가포르에 있는 병원에 데려다주고 싶습니다."

인레르라는 남자는 마치 천장이 날아갈 것처럼 껄껄 웃어댔다. 주위에 서 있던 똘마니들도 입가에 미소가 보일 듯 말 듯 했지만, 보스를 의식해서인지 사뭇 진지한 표정을 유지하려고 애쓰는 것이 느껴졌다.

"이봐. 시골 친구. 자네가 바트를 얼마나 갖고 있는지는 안 봐도 훤한데, 그걸 아무리 낮은 환율에 링기트로 바꿔봤자 말레이로 가는 국경을 넘어 가는 교통비도 안 나올 거야. 아들을 병원에 데려다주고 싶다고 했지? 내 더 쉬운 방법을 알려 줌세."

켈랑이 늦은 밤 집에 돌아오니, 아이들은 모두 곤히 자고 있고 아내 노르마 혼자 바느질을 하며 그를 기다리고 있었다. 낮에 인레르에게 들은 '제안'을 차마 아내에게 얘기할 수 없어 그저 속만 타 들어가기에, 집 밖으로 나와서 크레텍 한 개비를 피웠다. 다시 한 개비. 또 다시 한 개비.

"여보. 무슨 일 있어요?"

"별일 아니야. 우리가 지금까지 앵무새들이랑 소들을 키워 팔고, 남은 돈이 대략 얼마쯤 될까."

"지폐는 전부 서랍장 안에 있어요. 많아 봐야 3천 바트 정도."

"그 인레르라는 사람 말이 맞아. 3천 바트로는 교통비도 안 되지."

"교통비라니. 당신 어디 가려고 그래요?"

"가긴 어딜 가. 에다트는 오늘도 기절했었어?"

"요즘 들어 경련을 일으키거나 기절하는 일이 점점 잦아지네요. 집에 누구라도 사람이 있어서 다행이지, 에다트 혼자 놔두면 큰일 나겠어요."

"제기랄. 위대하신 그분은 하늘에만 계신가."

"여보, 그런 말 하면 안 돼요. 에다트가 살아서 이렇게 자라 주는 것만 해도 위대하신 분의 축복이에요."

"저러다가 에다트는 치료도 제대로 못 받고 아파하다가 끝내 죽고 말 거야. 위대하신 분의 축복은 개한테나 주라고 해. 만약 나중에 사누가 집으로 찾아오면 켈랑이 인레르의 제안을 받아들였다고 전해 줘. 아무것도 묻지 말고, 그냥 그렇게만 알고 있어."

다음 날 밤, 켈랑은 인레르를 찾아갔다. 언제 어떻게 필요할지 알 수 없었지만, 일단 노르마 몰래 부엌에서 잘 드는 과도 하나를 가져와 왼쪽 가슴의 품 안에 숨겨 놓고 있었다.

"그래. 마음은 단단히 먹었는가."

"선금을 달라고 하면 당연히 거절하시겠죠."

"아니. 선금조차 안 받고 무작정 가겠다고 했다면, 우리는 자네가 돈이 필요한 시골농부가 아니라 피에 환장한 미치광이라고 생각했을걸."

"대략 절반 정도는 선금으로 받을 수 있습니까."

"잘 모르나 본데, 이건 투우랑 달라. 투우는 이 나라에서 단속조차 안 하지만 이건 사실상의 범죄니까. 만약 누군가 경찰에 미리 시간과 장소를 불었다면, 돈이고 뭐고 다 끝장이야. 절반씩이나 줄 수는 없지."

"어차피 제가 죽으면 그쪽이 잔금이고 뭐고 돈이란 돈은 싹 다 챙겨 갈 게 뻔한데, 굳이 아끼는 이유는 뭡니까."

"조심해서 나쁠 것 없거든. 아까 말했듯이, 판이 엎어질 수도 있는 점을 감안하면 굳이 뭉칫돈을 자네에게 먼저 줄 필요가 있겠나."

"그럼 저도 보험을 들겠습니다. 바깥에서 영문도 모르고 기다리고 있는 제 형인 자파렐에게 지금 바로 5만 바트를 현금으로 주십시오. 이기면 상금의 1/10 정도밖에 안 되는 금액이니 못 줄 것도 없겠지요."

"천 바트짜리 50장을 밖에 있는 자네 형이란 작자에게 주겠네. 자넨 그걸 확인한 다음, 뒷문으로 나와서 시동이 걸려 있는 차에 타게."

켈랑은 얼마 지나지 않아 차에서 내렸다. 대략 20분 정도 걸린 듯하니 파타니로부터 멀리 떨어진 곳도 아닐 것이다. 하지만 여기가 어디인지는 켈랑에게 그다지 중요하지 않았다. 그가 여기에서 무엇을 해야 하는지가 더 중요했다.

인간투우.

그것이 전날 켈랑이 받은 제안이었다. 최초로 이런 짓을 생각해 낸 놈은, 사고(思考)가 완전히 삐뚤어진 인간이었겠지. 누가 만들었는지 따위는 알 필요도 없었다. 켈랑이 반드시 알아야 하는 단 한 가지는, 시합에서 이기면 상금을 받아 집으로 돌아갈 수 있으며 시합에서 지면 여기에서 죽는다는 사실이었다.

어두운 창고에 불빛이 하나씩 켜졌다. 덩치가 집채만큼 큰 황소와 켈랑을 비추고 있는 불빛은, 중앙에 철사로 둥그렇게 펜스가 쳐져 있는 좁은 곳만 밝힐 뿐이다. 이 더러운 경기의 관객으로 참석한 자들은 어둠 속에서 그들의 존재를 숨긴 채 비밀스러운 유희를 즐겨야 하므로.

집에서 가지고 나온 조그마한 과도는 켈랑이 차에 타기도 전에 인레르의 똘마니들에게 빼앗겼다. 무기 하나 없는 맨몸으로 켈랑보다 몸집이 몇 배는 더 큰 황소와 싸워야 하는 것이다. 켈랑은 쓸쓸한 웃음조차 지을 수가 없었다.

인레르와 똘마니들은 승부가 시작되기 전, 부지런히 관객석에서 돈을 걸고 있었다. 과연 나한테 돈을 건 미친놈이 있을까. 켈랑 스스로 생각해도 황소 쪽에 돈을 걸고 싶었다. 진심이었다.

너무나 답답한 나머지, 켈랑은 천장을 바라봤다. 빛이 강하게 내려쬐는 그곳. 너무나 밝아 하얗다는 것조차 인식하지 못하는 그곳. 그곳을 바라보았다. 노르마와 아이들의 모습이 바로 그곳에 보이는 것만 같았다.

"정전이야? 무슨 일이야?"

"경찰이 냄새를 맡고 들이친 거겠지. 인레르, 이 버러지 같은 새끼."

"관객분들. 별일 아닙니다. 모두 침착하세요. 태국 경찰은 낌새도 보이지 않습니다. 잠시 정전 때문에 조명이 꺼진 것 같은데, 어차피 승부는 황소의 승리입니다. 황소에게 거신 분들은 오른쪽 문 앞에서 배당금을 받아 가시면 됩니다."

"무슨 개소리야. 불이 1분 넘게 안 들어오고 있잖아. 씨발. 깜깜해서 아무것도 안 보이는데 어디가 왼쪽이고 오른쪽인지 알 수가 있나."

"날씨처럼 변덕스러운 것이 정전입니다. 이제 곧 다시 조명이 들어…."

바로 그 순간이었다. 피를 흘리며 죽어 있는 켈랑과 거친 호흡을 들이쉬며 그 피를 흠뻑 뒤집어쓴 황소 위로, 깜깜한 어둠 속에서 하나의 밝은 형체가 나타났다. 그 형체는 좌우에 한 명씩의 천사를 데리고, 사람의 귀에 들리지 않는 소리로 말하였다.

'내가 내 아들의 죽음에 대한 복수를 하러 왔으니, 사악한 자들이여. 너희들은 영원한 지옥에서 이를 갈며 고통당할 것이요. 속죄가 끝나기 전에는 결코 그 지옥에서 나오지 못하리로다.'

노르마 역시 그 빛을 보았다. 밤이 깊어 새벽이 되어도 돌아오지 않는 켈랑을 애타게 기다리던 그녀는 하늘에서 유난히도 밝은 빛이 그녀의 곁으로 다가옴을 느꼈다.

늘 초점 없이 흐릿하기만 하던 에다트의 눈동자에 반짝이는 천사의 모습이 들어왔다. 아이는 태어나 처음으로 '아빠'를 불렀다. 노르마는 대답 대신, 아들을 꼭 껴안아주었다. 그녀는 사랑하는 그가 집으로 무사히 돌아오기를 바라며, 그들이 한때 작은 새들의 날갯짓을 지켜보던 그곳에서 영원히 그를 기다리리라….

빌렘

내가 빌렘을 처음 본 것은 쿠르트 패거리가 한참 하이너
街(Heinerstraße)에서 동양인 관광객들에게 원숭이 흉내
를 내며 그들의 뒷머리를 툭툭 치고 있을 때였다. 그때에
도 키가 컸던 빌렘은 천천히 그리고 정중하게 원숭이들을
보내고 나서 쿠르트에게 말했다.

"너희들. 그러면 안 돼."

우리는 네덜란드인들이 친부모와도 더치페이를 할 정도
로 돈에 환장한 놈들이며 같은 게르만 핏줄을 나누고 있
지만 우리보다 나은 점은 돈 불리는 법을 잘 안다는 것밖
에 없다고, 그렇게 들어왔다. 아마 그래서인지 빌렘이 원
숭이들에게 친절을 베푸는 까닭은 그들에게 나중에 보호
비 명목으로 돈을 받기 위해서라고 생각했다.

"야, 넌 뭔데 우리가 하는 일에 참견이야? 여긴 우리 구역
이라고. 대장 노릇 하고 싶으면, 로테르담이나 흐로닝엔
으로 돌아가. 돈벌레 새꺄."

"나는 대장 노릇 하려는 게 아니야. 너희가 이렇게 비열한

짓을 하고 다니면, 지구 반대편에서 온 사람들이 어떻게 생각하겠어?"

"뭘 어떻게 생각해. 원숭이들은 원숭이 굴로 돌아가야겠다고 생각하겠지. 여기 파보리텐은 순혈 게르만 구역이란 말이야. 우리는 이 구역을 청소하고 있는 거라고."

"너희가 하는 짓은 청소가 아니라 테러야. 지하철 벽에 '깜둥이들과 원숭이들을 처치하라!!'는 낙서를 그린 것도 너희들이지? 그 사람들을 멸시한다고 너희 지위가 높아지지는 않아."

"닥쳐, 돈벌레라는 점에서 너희나 동양 원숭이들이나 뭐가 달라. 게다가 너희는 신교를 믿는다면서 동성애를 옹호하잖아. 구역질 나는 네덜란드 새끼. 우리한테 뒤지게 맞고 싶지 않으면, 이 근처에는 얼씬도 하지 마."

쿠르트는 가래침을 빌렘에게 탁 뱉고 나서 자기 패거리들인 루디, 오토, 하랄트, 막스, 하인리히와 함께 겔레르트街(Gelertstraße)로 어슬렁거리며 걸어갔다. 빌렘은 손수건으로 가래침을 묵묵히 닦으면서 마치 못 박힌 것처럼 거기 선 채로 그들이 사라져가는 뒷모습을 바라보고 있었다. 나는 쿠르트 패거리를 따라가지 않고 빌렘에게로 다가갔다. 나 자신도 이해하지 못할 변덕이었지만, 그것이 왠지 더 자연스럽게 느껴졌다.

"너희 가족이 콜리스코街(Koliskogasse)로 이사 온 네덜란드 가족이구나."

"어. 그런데 넌 왜 쟤네랑 같이 가지 않고?"

"쿠르트 녀석… 아주 못돼 먹은 놈이야. 사람한테 침을 뱉는 짓은, 사람을 주먹으로 때리는 것보다 훨씬 더 나쁜 짓이잖아."

"그럼 아까 걔네들이 낯선 동양인들을 괴롭힐 때는, 나서서 말리지 않고 왜 보고만 있었어?"

"유대인들이나 동양인들은 왠지 께름칙해… 쿠르트나 루

디가 말하는 걸 들어 보면, 그것들 때문에 우리가 패전
국이 되었고 아직도 갈라진 상태로 대(大)독일을 회복하
지 못한다는 거야. 그리고 아까 그 동양 원숭이들은 뭐랄
까… 솔직히 진짜 원숭이들 같았어. 알아듣지 못할 소리
로 자기들끼리만 시끄럽게 떠들면서 여기 우리 구역을 활
보하는데, 쿠르트가 아무 말 않고 참았다면 그게 더 이상
했을걸."

"동양인이라고 다 같은 건 아니야. 물론 중공인들이 때와
장소를 가리지 않고 시끄럽게 떠들면서 다른 사람들 눈
에 거슬리게 자기네 마음대로 구는 건 사실이지만, 다른
동양인들은 조용히 관광을 즐기다가 돌아가는 선량한 사
람이 많아. 그런 사람들까지 싸잡아 원숭이 취급하면 안
돼."

"그런가… 나는 헬무트라고 해. 네 이름은 빌렘이지?"

"어. 그런데 내 이름을 어떻게 알고 있니?"

"빈 23구 중에 여기 10구 파보리텐이랑 강 건너 22구 도나

우슈타트는 제일 가난하고 범죄도 많은 동네니까, 잘사는 나라에서 여기로 이사를 오는 경우는 거의 없거든. 게다가 네덜란드라니 벌써 소문 쫙 퍼졌지. 왜 이런 데로 온 거야? 빈에는 다른 부자 동네들도 많은데."

"나도 잘은 몰라. 이사 온 집은 아버지께서 결정하신 거라서. 그렇게 소문이 퍼졌다면, 내 동생 파트릭도 알고 있겠네."

"잘 몰라. 그냥 이름만… 너도 실제로는 오늘 처음 본 거니까. 그나저나 너 배짱 하나는 두둑하더라… 우리처럼 몇 명이 패거리로 몰려다니면 대개 쫄아서 아무 소리 못 하고 지나가는데, 어떻게 쿠르트한테 맞설 수 있었던 거야?"

"깊이 생각할 필요도 없었어. 사람이 사람을 괴롭히는 짓은 나쁜 짓이고, 그런 짓을 놔두면 파트릭처럼 몸이 약한 아이를 다른 아이들이 괴롭히는 것도 당연하게 되잖아. 난 그런 꼴 못 봐. 너희 대장 쿠르트란 놈이 얼마나 센 놈인지 모르지만, 아마 혼자서는 그렇게 못 했을걸."

"와… 너 대단하구나. 사실 쿠르트는 루디나 막스처럼 키
크고 건장한 애들이 옆에 없으면 그렇게 싸움 잘하는 놈
도 아니야. 스킨헤드에 갈고리십자가 문신을 온몸에 박아
놓고 다니니까 무서워하는 거지."

"아무튼 그런 놈은 엄청 센 척 강한 척하지만, 사실 자기
자신조차 기만하는 겁쟁이야. 너도 그렇고 아까 같이 있
던 다른 애들도, 왜 그런 겁쟁이를 대장으로 받들고 있는
건지 모르겠어."

"쿠르트가 우리보다 두 살이 많아. 그리고 이상하게 쿠르
트가 하는 이야기를 들어 보면 그게 진짜든 아니든 묘하
게 맞는 말 같아… 우리는 동(東)프랑크 왕국 시절부터
합스부르크 왕조 시절까지 언제나 독일과 함께였지만, 2
차 세계대전 이후로 우리는 패전국인데다가 더 이상 독일
인도 아니거든… 그래서인지 쿠르트 말대로 세계 경제를
배후에서 조종하는 유대인들과 동양인들이 사라지면 우
리도 다시 독일과 합칠 수 있고, 그러면 우리의 위대한 역
사도 성(聖) 슈테판 대성당 북탑에 있는 종을 울리면서 다
시 시작할 수 있다고 믿게 돼… 옛날 우리 조상님들이 튀

르크 병사들을 여기 빈에서 두 번이나 격퇴했기에 온 유럽을 이슬람으로부터 지켜 낼 수 있었잖아. 튀르크 놈들이 도망가면서 남기고 간 대포들을 녹여서 만든 게 저기 성(聖) 슈테판 대성당 북탑에 있는 종이야."

"너희들의 역사는 위대한 역사가 맞아. 하지만 쿠르트라는 놈은 오히려 그 역사에 먹칠을 하고 있어. 폴란드에서도 비슷한 일이 있었는데, 우린 크라쿠프에서 잠시 살았거든. 크라쿠프의 어린 깡패들이 중앙광장에서 조용히 관광을 하고 있던 동양인을 마구 때리고 원숭이 소리를 지르면서 자기들끼리 낄낄거리며 웃어대더라. 아빠가 그 광경을 보시고는 불같이 화를 내시면서 '대체 이 사람이 무슨 잘못을 했기에 그런 추잡한 짓거리를 하고도 부끄러운 줄 모르면서 웃고 있는 거냐?'며 대장처럼 보이는 놈의 멱살을 틀어잡고 흔드셨는데, 아마 우리가 말리지 않았으면 폴란드 경찰이 출동해야 했을 거야."

빌렘은 콜리스코街(Koliskogasse)에 있는 그의 집으로 걸어갔고 나도 말없이 그를 따라갔다. 마침 평일 낮이라서 그런지 빌렘의 부모님은 집에 안 계셨지만, 빌렘의 남동생처럼 보이는 꼬마가 2층 작은 방에서 레고를 쌓으며 놀고 있었다.

"파트릭. 여기 빈에 사는 토박이 친구인데, 이름이 헬무트래."

"어… 네가 빌렘 동생 파트릭이구나…."

"으응. 헬무트 형은 어디 살아?"

"그… 저… 예전 중앙역이 있던 근처에… 쿠들리히街(Kudlichgasse)라고 거기 살어."

"우와아~ 그 동네 엄청 시끄러운데."

"그래… 정말이지 밤이고 낮이고 미친 듯이 시끄럽고 소음이 심한 동네지만, 가난한 사람들은 거기를 떠날 수가 없어… 빈의 다른 구역은 집값이 너무 비싸거든…"

"근데 형은 왜 머리를 빡빡 밀고 중간에만 빳빳하게 세웠어?"

"아빠가 다른 사람 외모에 대해서 말하는 건 예의가 아니라고 하셨지, 파트릭. 그런 질문을 하면 헬무트가 난처하잖아."

"아냐, 빌렘. 아직 어리니까 신기해서 물어보는 건데… 어… 그러니까 나는… 뭐라고 해야 되나… 아무튼 나랑 같이 다니는 친구들은 거의 다 이렇게 스킨헤드로 하고 다녀…"

"왜?"

"어… 그러니까… 이렇게 하고 다니면 조금 더 세게 보인…"

"헬무트. 일일이 설명할 거 없어. 아직 파트릭이 그런걸 알아들을 수 있는 나이도 아니고. 여기 이거. 내 우표집이야. 아빠는 쓸데없는 거 모은다고 늘 뭐라 하시는데, 나는 이게 제일 좋아하는 취미거든."

"와… 러시아 우표에 아르헨티나 우표도 있네."

"응. 펜팔을 하면 그 나라 친구들이 여러 가지 우표를 보내 줘. 우리 네덜란드 사람들은 인색하다고 알려져 있지만, 친구가 되면 서로 기념일이나 생일에 선물도 나눠 주는데 그런 것에 대해서는 짜게 굴지 않아."

"쿠르트랑 하인츠…그러니까 하인리히는 네덜란드 사람들이 우리와 같은 게르만 혈통이지만 신교를 믿는데다가 장사밖에 모르는 돈벌레라고 하더라. 더러운 깜둥이들한테 네덜란드 국적을 마구잡이로 주면서 유럽에 마음대로 돌아다니게 만든다고 했어."

"말도 안 돼. 그 사람들이 더럽긴 뭐가 더러워. 오히려 예전에 여러 나라들을 식민지배할 때 원래부터 거기 살던 사람들한테 해코지를 많이 했는데, 우리가 사과는 못 할지언정 더럽다고 하면 되겠어? 어라. 아빠가 일찍 오셨네."

"파트릭~ 빌렘~ 아빠 왔다~ 엥? 못 보던 얼굴인데 누구니?"

"하이너街(Heinerstraße)에 갔다가 우연히 만나서 알게 된 친구예요. 이름은 헬무트라고 하는데, 완전 빈 토박이라서 파트릭이랑 같이 다니면 우리가 잘 모르는 도시 구석구석까지 잘 소개해 줄 거예요."

"오. 그렇구나~ 헬무트. 나는 빌렘 아빠란다. 미헬이라고 부르면 돼."

"어… 안녕하세요. 미헬 아저씨. 사실 저는 그… 조금 어… 거칠고… 학교 거의 안 다니는 애들이랑… 그러니까 어…"

"괜찮아. 앞으로 빌렘이랑 친하게 지내려무나."

콜리스코街(Koliskogasse)의 빌렘 집에서 나와서 한참을 생각했다. 과연 나는 빌렘처럼 살 수 있을까. 아니. 내가 빌렘의 친구가 될 자격이나 있는 것일까. 그 후로도 몇 번 빌렘의 집을 찾아가, 파트릭과 레고를 쌓거나 빌렘의 어머니께서 구워 주신 팬케이크를 빌렘과 함께 먹기도 했다.

쿠르트 패거리와 함께 다니면서부터 학교는 다닌 적도 없지만, 빌렘 집에 꽂혀 있던 책들 중에는 호기심을 자극하는 것들도 많았다. 《붉은 나무들의 추억(Erinnerung am roten baum)》이란 단편소설집에 나오는 스릴러 한 편은 쿠르트 패거리들이 마약거래까지 했다면 걔네들이 살아가는 일상과 비슷하다는 생각이 들 정도였다.

"헬머. 너 이제 우리랑 안 다니고, 그 신교 동성애자 새끼랑 같이 떡 치면서 지내기로 했냐."

"이 새끼 이거, 나중에는 아예 네덜란드로 이민 가는 거 아니야?"

"헛소리 집어치워. 걔네 집에 몇 번 찾아간 게 다였어."

"너 똑바로 말해. 그런 동성애자 돈벌레 새끼 옆에 붙어서 뭐라도 얻어 처먹을 생각이라면 아예 우리 앞에서 당장 꺼져 버려."

나는 진짜 똑바로 말했어야 했다. 빌렘은 동성애자도 아니고 돈벌레도 아니라고. 사회의 쓰레기처럼 살아가는 것보다 빌렘처럼 옳은 길로 당당히 걸어가는 방식이 더 인간다운 방식이라고.

하지만 그때의 내게는 그런 용기가 없었다. 패거리로부터 추방당하는 것이 솔직히 더 두려웠다. 파보리텐에서, 아니 빈 23구에서 패거리 없이 혼자 다니는 것은 '날 잡아 드시오.'라는 표시나 마찬가지다. 나는 빌렘을 필요로 하는 그 이상으로, 쿠르트 패거리들을 필요로 했다.

그래서 그 후로는 빌렘을 만나러 가지 않았다. 길거리에서 패거리들과 함께 어슬렁거리다가 빌렘이 멀리 보여도 말을 걸거나 인사를 하지 않았다. 내 나름의 방식으로 빌렘에게 사과하는 것이, 바로 성(聖) 빌헬름 축일인 6월 8

일마다 제법 구하기 어렵다는 우표들을 모아서 콜리스코 街(Koliskogasse) 빌렘 집 대문 밑으로 던져 주는 것이었다. 그마저도 빌렘 가족이 파보리텐을 떠난 후부터는 불가능해졌다.

내가 빌렘을 다시 만난 것은 한참 후의 일이었다. 대학 진학이나 번듯한 직장 따위는 꿈도 못 꿀 형편의 나와 쿠르트 패거리에게 미래가 있을 리 없었다. 흡혈귀처럼 낮에는 아무 데나 처박혀 자다가 밤이 되면 파보리텐과 도나우슈타트, 브리기테나우 근처에서 사냥감을 찾아다녔다.

제일 만만한 먹잇감은 동양인들이었는데, 하나같이 깜깜한 밤에도 거리를 활보할 수 있다고 착각하는 바보들이었다. 자기네 나라는 어떤지 모르겠지만, 이 나라를 포함한 유럽의 모든 국가에서 밤은 범죄자들의 시간이다. 루디는 강간치상죄로 이미 빵에 들어가 있었는데, 나는 루디가 교도소로 가기 전에 최소한 서른 번은 넘게 얼빵한 동양 계집들을 따먹었을 거라고 짐작했다.

———

우리의 신흥 라이벌은 무슬림들이었다. 이 미친 색마들은 동양인이든 독일인이든 나이가 많든 나이가 적든, 여자라면 가리지 않고 떼썹을 놓고 다녔다. 한번은 에른스트 하펠 경기장 근처에서, 우리가 탈탈 털어먹으려고 했던 얼간이 여행객들을 무슬림 패거리도 똑같이 노리고 있었다. 먹이는 하나인데 포식자가 둘이었던 셈이다. 공평하게 돈은 우리가 가져가고, 떼썹은 무슬림들이 놓기로 합의를 보았다. 16세기의 빈(Wien) 포위전 이후로 아마 카톨릭과 이슬람이 맺은 최초의 동맹이 아니었을까 하는 생각이 들었다.

그러나 '레오니 사건'이라고 외지인들은 전혀 모르겠지만, 네 명의 불법체류 무슬림 돼지 새끼들이 열세 살 소녀를 납치해 떼썹을 놓고 나서 무참히 살해하고 그 시체를 빈 시내 한복판에 있는 공원 나무에 걸어 놓은 사건이 발생한 이후로 그런 동맹은 결코 생기지 않았다.

빈 23구 전체에서 시위가 일어났지만 정작 그 악마들은 레오니의 시체 사진을 자기네 SNS에 올려놓고 자랑까지 해댔다. 동양인들은 그저 밤길을 태평하게 걸어다닐 수 있다고 착각하는 바보들이다. 하지만 불법체류 무슬림 돼지 새끼들은 인간 이하의, 오로지 강간과 떼씹밖에 모르는 동물이라는 것을 그제서야 사람들도 뒤늦게나마 알아차리기 시작했다. 레오니 사건 이후로 빈 23구에 사는 사람들 모두, 자기 여동생이나 자기 딸도 얼마든지 레오니처럼 무슬림 불법 체류자들에게 납치되어 강간당하고 잔인하게 살해당할 수 있다는 사실을 정확히 인식하게 되었다.

그러던 11월의 어느 날 저녁, 패거리들이 어수룩한 촌놈한테 린치를 가하던 와중에, 아케街(Ackerstraße)에서 일이 터졌다. 쿠르트 녀석이 잭나이프 비슷한 칼을 꺼내든 것이다. 나는 쿠르트에게 칼은 집어넣으라고 소리쳤지만 녀석은 무슨 고집인지 굳이 찌르고야 말 태세였다. 오토와 하인츠가 그 촌놈을 붙잡고 있는 동안에, 쿠르트와 나는 칼을 잡고 옥신각신하고 있었다. 갑자기 쿠르트 녀석이 당기면서 칼끝을 빼는 순간, 내 팔이 떨어져 나가는 것처럼 아파 왔다.

팔에서 뚝뚝 피가 떨어지던 그때, 근처 그렌츠街(Grenzstraße)에 있던 짭새들이 사이렌을 울리며 아케街(Ackerstraße)로 들어오는 것이 보였다. 쿠르트와 오토, 하인츠는 지프차를 타고 뛰었지만, 나와 하랄트는 꼼짝없이 붙잡혔다. 그것만이었다면 오히려 다행이었을텐데, 하랄트 녀석은 교차로에 잠시 정차해 있던 경찰차에서 냅다 뛰어내려 슬라마街(Slamastraße)의 나이트클럽 안으로 몸을 날렸다. 술에 떡이 된 년놈들이 미친 듯이 몸부림을 치며 괴성을 지르고 있는 난장판 속에서 누군가를 찾아낸다는 것은 불가능에 가깝다. 결국 아케街(Ackerstraße)의 폭행죄는 전부 내가 다 뒤집어쓰게 된것이다.

짭새들은 가족관계와 직업부터 먼저 물어 왔다. 내가 들려줄 수 있는 대답은, 부모님은 오래전부터 안 계시고 위로 두 명의 형이 있지만 나처럼 무직에 아예 연락조차 닿지 않는다는 대답뿐이었다. 그러자 보석금을 내줄 수 있는 친척이라도 없느냐고 그들은 물어 왔다. 나는 전과가 없고, 가벼운 폭행죄 정도는 빈 23구의 구치소가 이미 수

용 한계를 넘어섰기 때문에 불구속 상태에서 재판을 받을 수 있다는 뜻이었다. 하지만 나한테 보석금을 선뜻 내줄 만한 친척이 있었다면 인스부르크 같은 산골마을이라 해도 찾아갔겠지. 내 인생에 그런 것은 처음부터 존재하지 않았다.

 유치장에서 대략 몇 시간쯤을 보냈을까. 짭새 하나가 다가와, 국선변호사 한 명이 마침 야간임에도 불구하고 사무실에 있는데 그가 나를 면회하고 싶어 한다고 말했다. 나한테 변호사를 선임할 돈 같은 건 없다고 몇 번이나 얘기했지만, 짭새에 따르면 굳이 테셀링이라는 그 변호사가 무료변론을 하겠다고 요청해 왔다는 것이다. 해서 어차피 이왕 일이 이렇게 된 거, 나도 그 사람을 만나겠다고 했다. 다른 짭새 하나가 나를 유치장에서 꺼내 복도 끝에 있는 작은 사무실로 데려왔고, 사무실 안에는 키 큰 변호사 한 명이 철제 의자에 앉아 있었다.

"헬무트. 오랜만이다. 너무 걱정할 거 없어. 아케街 (Ackerstraße)에서 있었던 사건은 늦은 저녁이었지만 다행히 목격자가 많아. 너는 폭행에 가담하지도 않았고, 오히려 쿠르트가 칼로 찌르지 못하게 계속 막고 있었던 장면을 본 목격자를 두 명이나 확보해 두었어. 재판이 시작되면 그 사람들이 법정에서 증언해 줄 거야. 유치장에 있느라 많이 지쳤을 텐데 이제 집으로 돌아가서 좀 쉬어. 아마 나중에 재판소에서 널 부를 때쯤엔 내가 웬만한 서류 처리들은 전부 끝내 놓았을 거니까 안심해."

"빌렘… 네가 어떻게… 아니. 테셸링 씨… 당신은…."

"너한테 얘기하지 못하고 파보리텐을 떠나게 된 후로도 네 생각을 많이 했어. 잘츠부르크에서 법학을 전공해 이제 막 풋내기 변호사가 되었지. 네가 매년 내 영명축일(靈名祝日)마다 보내 주었던 우표들은 아직도 우표첩에 소중하게 보관하고 있으니까, 사건처리가 다 끝나고 나면 언제 한번 같이 꺼내 보자. 헬무트. 지금이 마지막 기회야. 널 매번 이용해 먹기만 하고, 정작 일이 터지면 자기들만 도망치는 쿠르트나 하인리히 같은 쓰레기들과는 이제 과감하게 손을 떼."

———

"하지만⋯ 빌렘. 사실은 나도 쓰레기야⋯ 직업도 없고, 가족도 없고, 아무도 없어⋯. 쿠르트 패거리가 좋아서 따라다닌 것도 아니라⋯ 그냥 걔네들조차 없으면 나는⋯ 그러니까⋯."

"헬무트. 너는 쓰레기가 아니야. 우리 아빠가 오래전부터 건축 일을 하셨는데, 이제는 따로 개인회사를 차리셨어. 마땅한 일자리가 없으면 그곳에서 일할 수 있으니까 언제라도 생각이 정해지면 말해 줘. 아무튼 오늘은 워낙 정신이 없었을 테니 얼른 집에 들어가 봐. 이번 사건과 관계된 일들은 전부 나한테 맡겨 두고."

나는 빌렘에게 쿠들리히街(Kudlichgasse)의 옛 집은 이미 오래전에 남의 소유가 되었으며, 정부에 내 '주거지'라고 등록되어 있는 곳은 그야말로 아주 잠깐 일했던 가구점의 주소라는 사실을 차마 얘기하지 못했다.

경찰서를 나온 후로, 줄곧 고개를 숙인 채 끝없이 쏟아지는 눈물을 닦아 내며 빌렘과 그의 가족들을 생각했다. 무

엇 때문에 눈물이 멈추지 않는지 알 수 없었지만, 아마 나
자신의 비루함과 떳떳하지 못했던 모습. 그리고 아무런
대가 없이 보석금까지 내어 주고 나를 위해 사건을 맡아
준 빌렘에 대한 부끄러움 때문이었을 것이다.

　돌아갈 집도 가야할 곳도 없던 나는, 지칠 대로 지친 몸
을 이끌고 마리아힐프(Mariahilf)에 있는 로텐호프 병원으
로 걸어갔다. 칼에 찔린 팔에서 느껴지는 아픔보다 철저
히 혼자라는 사실이 훨씬 더 나를 아프게 했다.

　아직 한참을 더 걸어가야 하는데, 때아닌 소나기가 강한
바람과 함께 쏟아지며 내 윗옷과 바지를 모두 적셔 버렸
다. 11월 밤의 어둠 속에서 차가운 비가 무심하게 내리고
있었다.

샤흐레 소흐테

로마 제국에 폼페이가 있었다면, 페르시아 제국에는 샤흐레 소흐테가 있었다. 아마도 페르시아 제국의 조상 격인 청동기 시대 지로프트 문명에 있었다고 말하는 편이 더 정확할 것이다. 어느 누구도 이 도시가 어떻게 나타났는지 그리고 어떻게 갑자기 사라졌는지 알지 못한다.

샤흐레 소흐테(Shahre Sokhte)라는 이름 자체가 "불타버린 도시"라는 뜻을 지니고 있다. 마치 현대 국가들이 새롭게 도시를 지을 때 미리 개발계획을 세워서 설계도에 따라 건설하는 것처럼, 대략 4,000년 전에 세워진 이 도시 또한 동쪽은 주거지역. 서쪽은 상업지역. 남쪽은 묘지와 병원. 북쪽은 공예품을 만드는 공업지역. 이렇게 바둑판처럼 철저하게 구분이 되어 있다. 놀랍지 않은가. 심지어 상하수도 시설도 만들어 사용된 흔적이 보인다고 하니, 메소포타미아 문명보다 훨씬 앞서 있던 지로프트 문명이 왜 이토록 알려지지 않았는지 의문스러울 정도다.

과학자 어니스트 러더퍼드는 "바텐더에게 설명할 수 없는 이론은 아무짝에도 쓸모없는 이론이 분명하다."고 말했으며, 윌리엄 오컴은 "어떤 문제를 설명할 때에는 가장 간결한 설명이 최선의 설명."이라고 말했다. 진리는 떨어지는 사과처럼 아주 가까운 곳에 있다.

 마찬가지로 이 도시의 성립과 소멸에 대해, 온갖 고고학적 이론을 동원해 가면서 어렵게 설명하는 것보다, "그가 원하셨다."라고 말하는 편이 훨씬 간단하다. 청동기 시대인 과거에도, 디지털 시대인 현재에도, 이 원리는 동일하게 적용된다.

 뭐가 어떻게 되는지 설명하기 어려울 때에는, 무조건 "신(神)의 행위"로 돌리면 모든 것이 간단해진다. 특히 이러한 문명(또는 도시)의 갑작스런 출현과 갑작스런 실종, 그리고 '인류의 기원은 어디인가.'처럼 해결하기 어려운 난제일수록 더욱 이러한 경향이 만연한다.

 지그문트 프로이트와 리처드 도킨스 같은 무신론 학자들은, 한 발 더 나아가 진화론이 창조론과 경쟁해야 한다고 보지 않는다. 신(神)이 생명을 창조한 후에 그들이 하나하나의 종(種)으로 진화했다고 해도 아무런 문제가 없으며, 오히려 그러한 진화가 신(神)의 수고를 덜어 주는 격이라는 주장이다.

만든 주체가 신(神)이든 사람이든, 여전히 샤흐레 소흐테
(Shahre Sokhte)의 터는 그곳에 남아 있다. 그래서 오늘
은 이 불타 버린 도시처럼 미스터리한, 하지만 사람들에
게는 거의 알려지지 않은, 두 형제에 대한 이야기를 들려
줄까 한다.

바스와 롤페는 프라하 남동쪽의 텔치(Telč)에 함께 살면
서, 나란히 프라하 대학의 박사과정을 밟고 있는 형제들
이다. 분자생물학을 전공하는 바스와 생화학을 전공하는
롤페. 얼굴은 서로 닮았지만 성격은 다르다. 바스가 부드
러운 외모 속에 차갑고 회의적인 내면을 품고 있다면, 롤
페는 겉으로 무뚝뚝해 보이는 인상이지만 누군가의 부탁
을 거절하거나 딱 잘라 얘기하지 못하는 유약한 심성을
가지고 있다.

그러던 중, 두 형제 모두의 마음을 사로잡은 여자가 나타

났는데, 같은 프라하 대학에서 미술을 전공하고 있는 카트리나였다. 어린 나이에 부모를 여의고 서로의 유일한 가족이 된 형제는 그래서인지 우애가 남달리 깊어서, 어릴 적부터 동생이 좋아한다면 형이 양보하고 형이 좋아한다면 동생이 양보하는 암묵적인 규칙을 지켜 왔다. 하지만 20년 넘도록 오랫동안 지켜져 오던 그 규칙이 자칫 깨어질 위기에 놓였다.

만약 카트리나가 그냥 한 번 보고 지나칠 만한 여자였다면, 롤페는 형인 바스에게 좋은 미래를 축복하고 물러섰을 것이다. 하지만 카트리나만큼은 형에게 양보하고 싶지 않았다. 그녀의 해맑은 웃음은 무뚝뚝한 롤페마저 웃게 만들었고, 그녀의 긴 금발머리가 휘날릴 때 잠시 동안 롤페의 세상이 멈추는 듯했다.

바스의 경우에는 또 다른 변수가 있었다. 카트리나의 친구인 아그네타가 바스와 같은 실험실에서 석사 과정을 밟고 있었는데, 그녀가 몇 번인가 두 사람만의 자리를 만들어 준 것이다. 바스는 미술에 관심이 많았기에, 예술가이면서 다정한 카트리나와 대화를 나눌 때면 시간 가는 줄 모르고 그녀와의 대화에 깊이 빠져들었다. 애초에 본인이 연애와는 거리가 멀다고 생각했던 바스조차, 이 여자와 함께라면 1시간이 1분 같다고 느낄 정도였다.

형제는 거의 20년 넘게 함께 살아왔기에 서로를 누구보다 잘 알고 지냈다. 오히려 그래서인지, 그들은 카트리나를 포기하기가 더욱 더 힘들었다. 롤페는 외유내강의 성격을 갖고 있는 형이 그녀와 평생을 함께 한다면 카트리나가 살면서 상처받을 일이 많을 것이라고 짐작했다. 바스는 무른 성격의 동생이 그녀를 현실세계로 끌어 들이기는 어려울 것이고 결국에는 롤페의 몽상가적 기질이 현실과 부딪치는 한계를 만날 때에 카트리나는 좌절하게 될 것이라고 짐작했다.

사실 카트리나가 빠른 결정을 내렸다면 그 결정이 어떤 결정이든 두 형제는 흔쾌히 받아들였을 것이다. 하지만 그녀는 연애에 있어 고전적이면서 수동적인 타입이었고, 무엇보다 두 형제 모두에게 호감을 갖고 있었다.

위트 있고 일이든 연애든 무엇인가에 몰두하는 성격인 바스와 함께할 때면 그에게서 안정감과 묘한 리더십을 느꼈고, 수줍고 말이 거의 없지만 항상 눈을 바라보며 자신의 말을 들어주는 롤페와 함께할 때면 그에게서 세심한 배려와 여성으로서의 보호본능을 느꼈다.

당연한 얘기지만, 아무리 닮은 형제라 해도 가치관까지 똑같지는 않다. 롤페는 누구든지 자신의 삶을 자기 방식대로 살아가는 것이 가장 바람직하다고 본다. 그 방식 자체가 최선이라서가 아니라, 자기 방식대로 사는 길이기 때문에 바람직하다는 것이다. 자유주의적인 롤페의 인생관이다. 바스는 자신의 삶을 설계하고 선택할 수 있는 사람이 되는 것이 중요하다고 본다. 각자의 경우에 맞는 다양한 삶의 형태를 만들 수 있다면, 인간은 그 형태대로 충분히 행복해질 수 있다는 것이다. 현실주의적인 바스의 인생관이다.

서로에 대한 평가를 내릴 때도 형제는 다르다. 바스는 자기 동생을 소개할 때에 "말수가 적은 내 동생은 인격적으로 나무랄 데가 없다. 남이 10리를 같이 가자고 하면 20리를 같이 가 준다. 학문이나 진리에 대한 생각이 나보다 훨씬 앞서 있고, 가슴에 품고 있는 뜻도 고상하다. 다만 결정적인 순간에 실천력이 부족하다. 행복은 실현이 확실한 것에 대한 원함과 꾸준한 추구를 통해서 얻을 수 있는데, 그런 점에서 동생은 너무 몽상가적 기질이 강하다."라고 얘기한다.

롤페는 자기 형을 소개할 때에 "어려서부터 고생을 많이 했던 우리 형은 인내심이 강하다. 원래 사람이란 반대 입장을 실제로 당해 보지 않으면 남들의 곤경에 충분히 공감하지 못하는 법이지만, 형은 타인이 처한 상황에 대한 파악이나 대처가 빠르고 자신보다 약한 사람을 더 아껴주는 사람이다. 하지만 너무 철저한 것이 흠이라면 흠이랄까. 행복과 사랑은 그렇게 설계하고 조립해서 얻어지는 것이 아닐 텐데."라고 얘기한다.

형제는 천천히 기다렸다. 하지만 그녀는 계속 선택을 미루었고, 시간이 가면 갈수록 형제의 카트리나에 대한 사랑은 깊어져 갔다. 이제 두 사람은 결정을 신(神)에게 맡기는 수밖에 없다는 데에 의견을 같이했다. 동전 던지기 따위로 사랑과 인생을 결정 내릴 수 없었던 형제는, 에덴 아레나에서 열리는 슬라비아 프라하의 홈경기 결과를 신(神)의 목소리로 받아들이기로 했다.

만약 그 경기에서 선취골이 **스파르타 프라하**에서 터지면 **롤페**가, 선취골이 **슬라비아 프라하**에서 터지면 **바스**가, 신(神)의 선택을 받아 그녀에게 청혼하는 것으로 미리 약속하였다. 악마가 변덕을 부린 것일까. 경기는 득점 없이 0-0 무승부로 끝나고 말았다.

하지만 바스는 롤페의 승리를 선언했다. 에덴 아레나가 아닌 레트나(Letná)에서 경기가 열려 무승부가 되었다면 스파르타 프라하가 진 셈이지만, 슬라비아 프라하의 홈인 에덴 아레나에서 무승부가 되었으니 슬라비아 프라하가 진 셈이라고 바스는 말했다. 그리고 이후부터 깨끗이 사랑의 레이스를 포기했다.

뭔가 이상하게 떨떠름하고 설명할 수 없는 복잡한 느낌을 받았지만, 롤페는 형의 양보를 받아들여 바로 다음 날 카트리나에게 청혼했다. 롤페와 카트리나는 그해 겨울에 결혼했고, 바스는 다음해 여름 도나우 강의 지류인 마스트니크 강에서 2인승 카약을 타다가 선체가 전복되는 사고를 당하며 동승자와 함께 사망하고 말았다.

연애 때와 달리, 롤페와 카트리나의 결혼 생활은 순탄하지 않았다. 카트리나는 롤페의 유약함과 현실감각이 무딘 모습에 지쳐 갔고, 롤페는 카트리나에게서 연애 시절에 보였던 아름다움과 재기발랄함은 사라지고 바가지만 긁어대는 전혀 다른 여자로 변한 모습에 환멸을 느꼈다.

몇 년 후 부부 사이에 아이가 생겼지만, 오히려 상황은 악화되어 갔다. 현실에 타협할 줄 모르던 롤페는 아이보다 자신의 예술 경력에 치중하는 아내에게 짜증이 났고, 카트리나는 도무지 가족을 부양하려는 계획 따위 없이 실험실에만 처박혀 있는 남편에 넌덜머리가 났다.

부부는 별거에 들어갔지만, 사실상 이혼 상태나 마찬가지였다. 그러던 어느 날 롤페의 실험실에 한 통의 편지가 도착했다. 우체국 소인이 없는 것으로 보아 직접 두고 간 것처럼 보였는데, 내용은 아래와 같았다.

롤페 마이어 박사님께.

저는 10년 전에 한 사나이와 약속을 했습니다. 절대로 이 사실을 다른 사람들에게 꺼내지 않기로 말입니다. 하지만 이미 그 사나이는 9년 전에 사망했고, 10년이면 나름대로 저도 충분히 침묵을 지켰다고 생각합니다. 그래서 이제는 그토록 무거웠던 짐을 내려놓고자 합니다.

제 이름은 바츨라프 야블로네치입니다. 네, 선생님께서 생각하시는 그 사람이 맞습니다. 지금은 비록 은퇴했지만, 한때 스파르타 프라하의 골문을 몇 년 동안 지켰던 골키퍼입니다. 10년 전 오늘, 그 남자는 훈련장에서 몸을 풀고 있던 저에게 다가와 한 가지 제안을 건넸습니다. 당시는 승부조작이 심한 시절이었고, 저도 당연히 그 남자가 불순한 의도로 저에게 티 나지 않게 실점을 하면 돈을 주는 더러운 거래를 시도하리라 예상했습니다.

그런데 놀랍게도 그 남자는 토요일에 열리는 프라하 더비에서 반드시 무실점을 기록해 달라고 요청해 온 것입니다. 아니, 여보쇼. 무실점은 골키퍼가 당연히 해야 되는 일인데 대체 그게 무슨 소리요. 그러자 한참을 망설이던 그 남자는 '당신이 토요일 경기에서 슬라비아 프라하에게 실점하지 않으면, 1년이 지나기 전에 반드시 좋은 일이 생길 것'이라고 말했습니다. 그 좋은 일이 뭐냐고 재차 물으니 아내의 새 신장(腎臟)을 얻을 수 있을 거라더군요.

저는 체코 국가대표팀에도 발탁되었고 나름 스파르타 프라하에서는 유명한 선수라서 사생활도 꽤나 알려져 있었습니다. 제 아내 파블리나는 오랫동안 신장(腎臟)병을 앓고 있었고 빠른 시일 내에 이식이 필요한 상태였지만, 가족 중에는 혈액형이 같거나 림프구 조직형이 적합한 사람이 없어서 그저 속만 타 들어가고 있었어요.

———

아무튼 저는 그를 반쯤 미친 사람이라 생각해서 무시했고, 토요일의 경기는 0-0으로 끝났습니다. 10년 전 경기여서 박사님께서는 보셨다고 해도 기억이 희미할 수 있겠지만, 저는 선수생활을 하면서 그날처럼 몸이 가벼웠던 적이 없었습니다. 득점왕 용병 선수의 슛이든, 평소 같았으면 결코 못 막았을 슛이든, 다 쳐내고 다 잡아 냈지요. 어디서 그런 기운이 나왔는지 10년이 지난 지금까지도 솔직히 잘 모르겠습니다.

한참이 흘렀습니다. 해가 바뀌어 초여름이 되었을 무렵, 프라하 대학병원으로부터 오랫동안 저희가 찾아 헤매던 장기 기증자가 나타났다는 연락이 왔습니다. 마스트니크 강(江)에서 카약을 타다가 사고를 당한 사람인데, 이미 사망 전 장기기증 서약을 프라하 시(市) 보건소와 법원에 공증해 놓았기에 그가 사망 판정을 받자마자 신장(腎臟) 두 쪽을 파블리나에게 이식할 수 있었습니다. 다행히 그 사람은 혈액형도 림프구 조직형도 파블리나와 일치했습니다. 문득 저는 지난 가을에 있었던 프라하 더비 이틀 전 목요일의 기억을 떠올리게 되었고, 곧바로 사망자의 이름을 확인했습니다. 예. 이 글을 읽고 계실 롤페 마이어 박사님의 친형 '바스 마이어'였습니다.

 바스 마이어 박사님은 훈련장에서 한 푼의 돈도 제게 건네시지 않았고, 비겁하게 자살골을 넣으라는 거래도 제시하지 않으셨습니다. 오로지 그 경기에서 실점하지 말아 달라는 부탁만을 하셨고 저는 골키퍼로서 당연히 해야 할 의무를 했을 뿐인데, 저의 아내는 새 삶을 얻었고 저의 가족은 웃음을 되찾았습니다. 하지만 저는 10년이 지난 지금까지도 바스 마이어 박사님께서 **자신의 목숨과 바꾸면서까지 슬라비아 프라하의 무득점을 바랬던 이유**를 알지 못합니다.

 저와 제 아내와 저의 두 아이는 故바스 마이어 박사님을 하늘에서 저희에게 보내 주신 천사라고 생각하며 늘 감사하는 마음으로 살고 있습니다. 롤페 마이어 박사님의 집 안에도 항상 웃음이 함께하면 좋겠습니다.

바츨라프 야블로네치

롤페는 편지를 읽어 내려가면서 온몸에 소름이 끼치는 냉기를 느꼈다. 형은 사랑의 레이스에서 자연스럽게 본인 이 패배하고 내가 승리하기를 원했다는 것인가. 형이 카 트리나를 자신만의 사랑으로 만들고 싶었다면, 저 스파르 타 프라하의 골키퍼에게 시작하자마자 실점하도록 만들 어서 슬라비아 프라하가 선취점을 넣게 했을 텐데.

다음 날이었다. 롤페의 실험실에 또 한 통의 편지가 도착 했다. 이번에도 우체국 소인이 없는 것으로 보아, 야간에 놓아두고 간 듯했다. 어제의 충격 때문인지, 편지를 봉투 에서 꺼내는 롤페의 두 손이 덜덜 떨렸다. 내용은 아래와 같았다.

롤페 마이어 님께.

저는 10년 전 오늘, 어떤 사람과 거래를 했습니다. 그 때 우리는 무슨 일이 생기더라도 이 거래를 발설하지 않기로 약속했지요. 하지만 저도 사람인지라 계속 마음에 부담감이랄까 찝찝함이랄까 그런 것들이 느껴져 꽤나 힘들었습니다. 그래서 10년이 지난 지금에야, 이렇게 편지로 털어놓는 방법을 택했습니다.

제 이름은 마테이 쿠벡입니다. 기억하실지 모르지만, 한때 슬라비아 프라하의 주전 공격수로 뛰었던 축구선수입니다. 하지만 국가대표팀에 뽑힌 적도 없고, 슬라비아 프라하에서도 단 두 시즌만을 뛴 이후로는 수준 낮은 해외 리그를 전전했던 그저 그런 스트라이커였습니다.

정확히 10년 전 오늘, 그러니까 프라하 더비 하루 전날, 어떤 사람이 에덴 아레나의 보조연습구장으로 저를 은밀히 찾아왔습니다. 보나마나 뻔한 이야기라고 생각했지요. 당시에는 승부조작이 만연했으니까요. 그런데 보통 공격수에게는 부탁을 하지 않아요. 수비수나 골키퍼한테 시켜야 자살골이나 뭐 그런 비슷한 장면들이 나오거든요.

그 남자는 전혀 생각지도 못했던 거래를 제시했어요. 내일 경기인 프라하 더비에서 골을 넣지 말아 달라는 것입니다. 게다가 슬라비아 프라하가 무득점으로 경기를 마치게 해 준다면 제가 바라는 소원이 무엇이든 간에 하나만큼은 대신 들어주겠다는, 그야말로 기상천외한 소리를 하는 게 아니겠어요?

처음에는 저도 농담반 진담반으로 대략 얼마쯤 줄 수 있냐고 물어봤지요. 하지만 그 남자는 굳은 표정으로 자기에게 돈은 한 푼도 없지만 세상에는 돈만 가지고서는 할 수 없는 일이 많다는, 그 때의 저로서는 도무지 알아듣지 못할 소리를 하더군요. 아마 평상시 같았으면 필드 매니저를 불러서 이 사람 여기서 당장 내보내라고 했겠지만, 눈빛이 벌써 예사 눈빛이 아니더라구요. 진짜 하늘에 있는 별이라도 따 달라면 따 줄 그런 기세였어요.

나름 호기심도 발동하고, 그 남자가 대체 무슨 그림을 그리려고 하는지 알고 싶어서, 조금 구체적으로 말해 달라고 했죠. 그러자 그 남자는 인생을 살면서 누구를 죽이고 싶을 정도로 미워한 적이 있느냐. 혹은 지금 당신의 인생을 방해하는 누군가가 있느냐, 이런 질문을 건넸어요.

1초의 망설임도 없이, 바로 한 얼굴이 떠올랐습니다. 저는 화려한 경력을 자랑하는 스타 선수가 아니니까 잘 모르시겠지만, 주변 사람들은 다 알죠. 어린 시절 제 무릎수술을 집도한 그 외과의사 새끼는 천 번을 씹어서 죽여도 시원치 않을 놈이었습니다. 저도 유스 시절에는 '체코 국가대표팀의 미래'라는 평가를 받으면서 자라 왔으니까요. 하지만 그 새끼가 오진을 한 탓에 수술을 엉망으로 하면서 제 양쪽 무릎을 회복 불가능하게 조져 놓은 거예요. 다음 해에 재수술을 독일에서 받긴 했지만, 통증은 여전했고 수술 이전의 무릎으로 돌아갈 수 없다는 사실을 깨닫고는 제 모든 삶이 그저 무의미하게 느껴졌습니다.

제가 지금까지 쓴 무릎수술에 대한 이야기를 그야말로 하나도 빼지 않고 모두 그 남자에게 얘기해 줬지요. 그 남자는 깊이 경청하더니, "그냥 죽이기만 하면 됩니까?"라고 말하더군요. 제가 "아니, 그 이상 뭐가 있나요?"라고 되물어보니, "마테이 씨께서 오랫동안 겪어야 했고 앞으로도 겪어야 할, 그 끔찍한 통증과 비교하면 솔직히 부족해도 한참 부족하지 않습니까. 무엇보다 놈이 죽는데는 20분도 채 안 걸릴 테지만, 마테이 씨의 남은 인생이 최소한

30년은 될 텐데 감히 어떻게 그 저울추가 같다고 말할 수 있을까요. 게다가 놈은 뻔뻔스럽게 살아왔고 앞으로도 계속 뻔뻔스럽게 살아가겠지요. 그러나 마테이 씨는 이런 말씀드리기 뭣 하지만 무릎이 그렇게 된 시점부터 거의 살아 있는 송장처럼 되어 버렸는데, 그냥 죽이기만 하는 것은 제가 볼 때 너무 관대한 처분입니다. 물론 죽이는 편이 훨씬 더 쉬운 방법이기는 합니다만, 척수만 절단해서 혼자서는 대소변도 못 가리는 똥쟁이 전신마비로 만드는 정도는 되어야 그나마 저울추가 약간은 비슷해지지 않을까요."라고 대답하더군요. 저도 그때부터는 사뭇 진지해졌습니다. 과연 놈에게 접근하는 것이 가능할까요 등등, 아주 짧은 시간에 그야말로 엄청난 이야기들이 오고 갔습니다.

다음 날 오후, 드디어 프라하 더비가 시작됐습니다. 처음부터 티가 나면 안 되기 때문에, 천천히 페이스를 조절하며 감독이나 동료들이 의심할 수 없는 범위 내에서 제가 할 수 있는 짓들을 해 나갔지요. 그날 스파르타의 골키퍼 녀석은 자기가 마치 전설적인 골키퍼 야신이라도 된 줄 알았을 거예요. 하지만 녀석이 모르는 사실이 한 가지 있었습니다. 비록 화려한 국가대표 선수는 아니지만, 경기의 템포를 은근슬쩍 죽이는 데는 저보다 더 뛰어난 선수가 없다고 자부합니다. 우리 팀에 주포 용병이 있었는데 득점당 보너스 얼마가 계약조건에 붙었는지, 매 경기 90분 내내 자기한테 패스를 달라고 아우성을 칩니다. 실제로 한번 발동이 제대로 걸리면 해트트릭을 달성할 정도로 득점력이 뛰어난 놈이었지요.

그래서 일부러 살살 약을 올렸습니다. 패스를 안 주거나, 주더라도 사지(死地)로 보내서 상대 수비가 완벽하게 막을 수 있도록 했습니다. 전반이 끝나고 감독이 나를 교체하려고 했는데, 어디서 무슨 용기가 났는지 "제가 후반전에 골을 못 넣으면 아직 계약기간이 만료되기 훨씬 전이지만, 위약금이나 잔여 연봉 한 푼도 안 받고 내일 당장제 발로 팀을 떠나겠습니다. 오늘만큼은 저에게 끝까지 뛸 기회를 주십시오!"라고 큰소리를 쳤지요. 감독도 제법 감동받은 것 같더군요. 하긴 저는 저 나름대로 엄청 진지했으니까요. 적어도 그 경기만큼은 그랬습니다.

후반에는 실제로 몇 차례 위협적인 슛을 날렸습니다. 야블로네치 녀석이 받기 딱 좋도록 말이지요. 그리고는 아쉽다는 듯이 땅을 주먹으로 쿵쿵 내리치거나, 멀쩡한 머리카락을 마구 쥐어뜯으면서, 아주 고뇌에 찬 스트라이커를 연기했습니다. 이건 진심으로 드리는 말씀인데 저는 그 순간들을 마음껏 즐기고 있었습니다. 그 경기가 있기 전까지 저는 병신같은 무릎을 달고 항상 조연이나 단역으로만 출연했는데, 어느새 제가 연출과 연기까지 하고 있지 뭡니까. 그러니 세상 즐거울 수밖에요. 용병 놈한테도 끊임없이 "야 이 새끼야, 볼을 끌지 말고 나한테 빨리 패스해야지."라고 외쳐 댔습니다. 한번은 진짜로 스파르타 프라하가 실점할 뻔했어요. 그야말로 간발의 차이로 벗어났습니다. 나는 완전히 빡 돌아서 용병 놈의 멱살을 틀어잡고 "그 상황에서는 각도가 좁은 니가 차는 게 아니라, 열려 있던 나한테 줬어야 되잖아. 씨발 호로새끼야!"라고 거의 죽일 듯이 소리를 질러 댔지요. 우리 팀 주장과 동료들이 빠르게 달려와서 말리지 않았으면, 녀석은 어디 한군데가 부러졌을지도 모릅니다.

아무튼 그 이후로 용병 놈은 기가 팍 죽었는지, 저한테

재각재각 패스를 찔러주더군요. 정말 그 경기만큼은 제가 살아 있는 동안 계속 기억이 날 겁니다. 수술과 재수술과 그 **긴긴** 재활기간과 고통의 나날들이 바로 이 한 경기를 위해 존재했다고 느꼈으니까요.

심지어 유명 선수들이 심심찮게 날린다는 시저스 킥(바이시클 킥)도 한 번 날려 봤습니다. 당연히 골대 안을 노린 게 아니라 그냥 멋있어 보이려고 그런 거죠. 항상 제 기량부족을 언짢아하면서 왜 저딴 놈이 주전 공격수로 나오냐고 불평하던 슬라비아 프라하 팬들도, 그날만큼은 "마테이 달려~♬"라든가 "쿠벡~ 쿠벡~ 우리의 득점기계~♬" 같은 응원가를 목이 쉬도록 불러 대더군요. 정말이지 희한해요. 득점을 하려면 정말 지독하게 골이 안 들어가던데. 득점을 안 하려고 하니까, 그렇게 필드가 넓어 보이고 스파르타 프라하 수비수들이 엉망으로 대형을 짜고 있는 게 전부 다 보이더라구요.

막판 10분 정도 남기고는 저도 경기장의 분위기에 도취됐는지, 에라 모르겠다 하면서 키퍼가 아예 닿을 수 없는 골대 구석을 노리고 슛을 날렸죠. 후회는 없었습니다. 비록 그 의사 새끼를 못 죽여도 저는 그야말로 일생일대의 경기를 했고 프로선수로 데뷔한 후에 가장 큰 응원을 받았으니까요.

 그런데 야블로네치 녀석이 무슨 약을 처먹었는지 그 슛을 막아 내더군요. 풀썩 주저앉은 제게 당연히 야유가 쏟아질 줄 알았어요. 웬걸. "마테이 잘한다~"부터 "저런 슛을 어떻게 막냐. 사기다. 우우~" "고개 숙이지 말고 일어나~쿠벡. 넌 최고야~" "힘을 내라! 마테이! (둥둥~♪ 둥둥둥~♪)"까지 온갖 응원소리가 쏟아졌어요. 재활하는 동안 눈물이 완전히 말라 버려서 아버지가 돌아가실 때도 울음이 안 나왔는데, 진짜 그때는 나도 모르게 눈물이 나올 정도였다니까요.

 바로 그때였어요. 팬들의 응원을 받고 다시 일어나는 제 양쪽 무릎에 끔찍한 통증이 온 겁니다. 황홀하던 응원소리는 귀에서 싹 사라지고, 증오. 증오. 증오. 21살 미래가 유망한 어린 선수의 축구생명을 송두리째 앗아 가고도 진심 어린 사죄는커녕 뻔뻔하게 쳐 웃고 있던 그 의사 새끼

―――
169

에 대한 분노. 분노. 분노. 오로지 그 감정들이 저를 지배했습니다. 어차피 이 경기가 끝나고 나면 다시 무릎이 시원찮은 그저 그런 공격수로, 가는 곳마다 방출되며 언제나 변방을 전전하는 삼류 선수가 될 저의 서글픈 운명에 그저 증오심과 분노만이 타올랐습니다.

그때부터 저는 완전히 스파르타 프라하 놈들의 수비수였습니다. 어떻게든 나머지 10분을 지켜야 했으니까요. 경기 종료 직전에 우리한테 코너킥이 주어졌는데, 스파르타 프라하 녀석들이 공격에 가담하러 올라오는 우리 주장(수비수)을 가만히 놓아두고 있더군요. 이거 위험하다는 직감이 왔습니다. 아니나 다를까, 코너킥이 주장의 대가리를 향했고, 주장은 허리를 활처럼 튕기면서 헤딩슛을 시도했습니다. 공은 진행경로를 직각으로 틀면서 키퍼도 수비수도 없는 골문 안으로 향했습니다. 그러나 거기에는 '제가' 있었습니다.

저는 으아악~ 괴성을 지르며 마치 뒤에서 누가 밀어뜨린 것처럼 자빠지며 골문으로 빨려 들어가는 공을 몸통으로 막았습니다. 뭐, 대놓고 손으로 막을 수도 있었지만, 어차피 이 연극의 주인공으로 시작했으면 이 연극을 멋지게 끝내고 싶더군요. 그러면서 심판에게 미친 듯이 항의했습니다. 뒤에서 누군가가 밀었다. 골이 인정되지 않으면 페널티킥을 줘야 하는 것이 아니냐. 이런 식으로 고래고래 소리를 질렀고, 스파르타 녀석 하나가 내게 실실 웃으면서 다가오길래 (녀석이 저를 진정시키러 온 건지 저를 도발하러 온 건지 뭐 그 속사정은 모르겠습니다.) 면상에 오른손 어퍼컷을 한 방 제대로 날렸습니다.

 당연히 레드카드가 나왔지만, 저는 경기장을 나가지 않고 끝까지 추태를 부리면서 시간을 있는 힘껏 끌 수 있는 데까지 끌었습니다. 그리고 패싸움이 벌어지면 슬라비아 프라하가 다시 공격하기 전에 종료 휘슬이 불릴 테니, 일부러 스파르타 프라하의 몇 놈을 잡아다가 신나게 쥐어팼습니다. 홈 팬들은 어차피 만사 글렀다고 생각했는지, 제가 축구 대신 권투를 하니까 한층 더 열광하더군요. 아무튼 그렇게 경기는 0-0으로 종료되었습니다.

경기 다음 날, 미리 약속했던 대로 그 남자를 만났습니다. 저는 솔직하게 말했습니다. 0-0으로 끝났지만, 중간에 내가 날린 슛이 거의 들어갈 뻔했으니 약속을 100% 지키지 못했다는 느낌이 든다. 그러니 경기 전날에 우리가 맺었던 거래는 없던 것으로 해도 뭐라 하지 않겠다.

하지만 그 남자는 무슨 소리냐. 당신은 정말이지 훌륭하게 해냈다. 특히 종료 직전에 당신이 그 골을 막아 내지 못했다면 경기는 1-0 슬라비아 프라하의 승리로 끝났을 텐데 0-0으로 만들었고 시간까지 다 소진시켰으니 충분히 제 역할을 다한 것이다. 그렇게 말했습니다.

그러더니 그 남자는 당신 양쪽 무릎을 병신으로 만든 외과의사의 취미라든지 사생활이라든지 하여튼 뭐라도 짚이는 데가 있으면 말해 달라고 했습니다. 사생활은 제가 어떻게 알 수도 없고, 어렴풋이 그 새끼가 최고급으로 비싼 명품 골프채를 자랑처럼 휘두르고 다니던 기억이 나더군요. 놈은 주로 골프, 요트, 카누를 좋아했었어요.

그 남자는 골프에서는 고개를 갸우뚱하고 요트에서는 살짝 눈빛이 흔들리더니 카누라는 말을 듣자마자 갑자기 얼굴에 환한 미소가 번지면서 고개를 끄덕였습니다. 제 귀에는 잘 들리지 않았지만, 무언가 내뱉듯이 혼잣말을 하더군요. 아마 당시 그 남자 주머니 사정으로 골프채는커녕 골프공조차 마음껏 구입하기 힘들었을 테니까, 뭐 그런 내용의 중얼거림이 아니었나 싶습니다.

이후에 일어난 사건들은 이미 잘 아시고 계실 겁니다. 그 남자는 아마 카누보다 카약으로 유인했을 것입니다. 카누는 뒤집혀도 바로 빠져나오기 쉬운데, 카약은 고정 장치가 있어서 둘 중의 한 사람이 중간에 마음먹고 아예 엎어 버리면 빠져나오기 쉽지 않아요. 게다가 그 남자가 물귀신처럼 붙잡고 같이 죽자고 했다면 놈은 살아날 길이 없었겠지요. 카누가 되었든 카약이 되었든 뭐 그건 중요하지 않아요. 중요한 사실은 그 남자가 롤페 마이어 씨의 형님 되시는 바스 마이어 씨이고, 저와의 약속을 지키기 위해 무려 몇 달 동안 치밀하게 준비하신 후에 자신의 단 하나뿐인 목숨을 바치셨다는 사실입니다.

———

하지만 저는 아직도 바스 마이어 씨가 왜 그날 경기에서 슬라비아의 득점을 자기 목숨과 바꿔서라도 막아야 했는지 모릅니다. **아마도 사랑하는 가족을 위해서였을까요?** 물론 저도 아내와 아이들이 있지만, 그들을 위해 강물에 빠져 죽으라고 하면 도저히 못 할 것 같습니다. 아, 익사 직전의 미칠 듯한 고통을 느끼면서, 화려하던 상류층 인생을 마감하며 한 마리 굶주린 동물처럼 몸부림치다가 죽어 가는 그 새끼의 면상은 정말이지 제 두 눈으로 꼭 보고 싶었는데. 단지 뉴스로만 접하니까 왠지 감흥이 덜하더군요. 그렇다고 바스 마이어 씨에게 사진까지 찍어 달라고 할 수도 없는 노릇이었고.

아무튼 이 모든 사실을 털어놓고 나니 적어도 속은 시원합니다. 롤페 마이어 씨의 형님께서는 마스트니크 강(江)에서 호사스런 취미를 즐기다가 사고로 허무하게 돌아가신 것이 아니라, 그저 변변찮은 축구선수인 저와의 약속이 뭐라고 그 약속을 끝까지 지키시다가 돌아가셨습니다.

이 편지를 처음 쓴 이유는 그저 제 자책감을 덜어놓기 위한 것이었는데 당시에 있었던 일을 계속 떠올리며 쓰다 보니, 바스 마이어 씨의 약속에 대한 철저한 사명감과 고결한 희생정신을 가족 되시는 분에게만큼은 꼭 알려 드려야 한다는 느낌이 들더군요. 부디 건강하십시오.

마테이 쿠벡

유정천리

주정뱅이는 발길을 재촉했다. 한시라도 빨리 주점으로 들어갈 욕심에 누구에게든 말을 걸지 않았고, 혹여 누군가 뭘 묻더라도 대답조차 하지 않았을 것이다. 그렇게 얼마나 걸었을까. 마침내 주점 문 앞에 이르렀다. 문지방에는 "두드려라, 그러면 열릴 것이니라."라고 쓰여 있었다.

대개 저기에는 문 여는 시간과 문 닫는 시간을 적어 놓지 않는가? 주정뱅이가 그렇게 생각하며 문을 두드리니 근엄한 표정을 한 사내가 문을 열어 주면서 말했다. "어디서 온 누구십니까?"

주정뱅이가 생각건대, 본인은 애초에 어디에서 출발했는지 모르겠고 자신이 누구인지는 더 더욱 모를 일이었다. 그러니 대답을 할래야 할 수가 없어서 쭈뼛거리다가 "저는 단지 주정뱅이입니다."라고 말했다.

근엄한 표정의 사내는 뛸 듯이 반기며 "온 마음을 다해 환영합니다!"라고 주정뱅이를 끌어안았다. 주정뱅이는 한없이 기쁘면서도 저놈이 혹시 사내를 좋아하는 그런 부류가 아닌가 싶어 긴장되기도 했다.

———

"댁이 이곳으로 온다는 것을 아는 이가 있습니까?"라고 근엄한, 아니 기뻐하는 표정의 사내가 물어왔다.

"네. 술 마시러 나가는 저를 아내와 아이들이 보고는 돌아오라고 울부짖더군요. 몇몇 이웃들도 어서 돌아가지 못하느냐고 소리쳐 불러댔지만 손가락으로 두 귀를 단단히 틀어막고 여기까지 왔습니다."

"그래도 이곳까지 오셨으니 천만다행입니다."

"술이 덜 깨 정신이 없어서 오도 가도 못하고 있을 때, 다른 주정뱅이가 술 권하러 오지 않았더라면 나 역시 어디에서 변을 당했을지 몰라요. 그야말로 주신(酒神)의 자비 덕분입니다."

주정뱅이는 그 주점에서 한참 동안 술을 마시고 나서, 다시 길을 떠날 채비를 갖추기 시작했다. 떠날 준비가 거의 끝나갈 때쯤 근엄한 표정의 사내가 말하기를, 좁은 길을 따라 한참 걸어가면 "순수 알코올"이라고 대문에 크게 나붙은 집이 나오는데 문을 두드리면 집주인이 나와서 아주 유익한 사실을 알려 줄 거라 하였다. 그리고는 또다시 주정뱅이를 뜨겁게 끌어안고 작별인사를 나누었다.

오솔길을 따라 걸어가던 주정뱅이는 마침내 "순수 알코올"이라고 쓰여 있는 대문을 보았다. 거푸 문을 두드리자, 한 남자가 나오더니 무슨 일이냐고 그에게 물었다.

"이 댁에 훌륭한 분이 살고 계시다는 이야기를 듣고, 그 귀한 가르침을 받기 위해 찾아온 주정뱅이입니다."

"들어오시게. 유익한 말씀을 들려드리리다."

집 안으로 들어온 후, 주인이 한 방의 문을 열어젖히자 안방 벽에 걸린 커다란 초상화가 눈길을 끌었다. 두 눈의 초점은 술기운으로 희미했고 엄청 큰 술잔을 손에 쥐었으며 입술에는 붉은 빛이 감돌았다. 얼굴에는 술 취한 자들 특유의, 온 세상을 다 가진 듯한 표정을 짓고 있었다.

"이건 무슨 그림인가요?

"대단하신 분의 초상화일세. 순수한 알코올을 처음 정제하서서 술로 만든 어른이시지. 가장 먼저 이 그림을 보여주는 건 이분이야말로 자네의 유일한 안내자이기 때문일세. 자네가 술을 마시는 도중에 겪게 될 갖가지 어려운 상황에서, 자네를 이끌어 주실 분이라는 뜻이라네. 그러니 무엇보다 이 그림을 마음에 깊이 새겨 두게."

집주인은 주정뱅이를 응접실로 데려갔다. 먼지가 수북한 것이 거의 몇 달을 한 번도 청소하지 않은 것 같았다.

바로 집주인은 하녀를 불러 말했다. "술을 가져다가 온 데다가 두루 뿌려라!" 하녀가 시키는 대로 술을 끼얹자, 먼지들이 말끔히 가시고 응접실 안이 반짝반짝 깨끗해졌다.

"술을 뿌리고 나니까 주변이 말끔해지는 걸 보았는가? 알코올의 향기롭고 소중한 능력이 어떻게 역사하는지 잘 가르쳐 주는 장면이라네."

그리고 나서 집주인은 주정뱅이를 어느 침실로 데려갔다. 한 사내가 막 침대에서 일어나 주섬주섬 옷을 챙겨 입고 있는 참이었다. 사내는 무엇인가에 큰 충격을 받았는지 와들와들 온몸을 떨고 있었다.

"왜 저렇게 떠는 거죠?" 주정뱅이가 물었다.

집주인은 사내를 점잖게 부르더니 왜 그렇게 몸을 떨고 있는지 그 까닭을 설명해 보라고 했다. 사내의 얘기는 대략 이러했다.

"어젯밤에 자면서 꿈을 꾸었는데, 하늘이 칠흑같이 어두워지더군요. 번갯불이 번쩍이고 천둥이 요란한 것이, 그렇게 무서운 천둥번개는 난생처음이었습니다. 곧 어떤 분께서 구름을 타고 하늘나라에서 내려오셨어요. 갑자기 하늘이 불바다처럼 변하더니 커다란 음성이 들렸습니다. '일어나라, 술이 덜 깬 자들이여! 어서 축제의 자리로 나오너라!' 그러자 바위가 갈라지고 무덤이 열리면서 숙취에 찌들어 제대로 서 있지도 못하던 사람들이 아주 똑바로 걸어 나왔습니다."

주정뱅이가 물었다. "그러면 왜 아직도 그렇게 떨고 계신 겁니까?"

"축제의 날이 다가왔는데 아무 준비가 되어 있지 않았으니까요. 그리고는 구름을 타고 내려오셨던 분이 다시 올라가시는데, 제 발밑이 쫙 갈라지면서 지옥의 불이 아가리를 벌리던 광경이 얼마나 무서웠는지 몰라요. 그분은 나를 똑바로 쳐다보시더군요. 대개 술이 최고로 취했을 때 분노의 형태로 나타나는 그런 눈이었어요."

집주인이 엄숙한 표정으로 말했다. "궁극적인 목표, 즉 술의 천국으로 가는 내내 이 모든 일들을 명심해서 끊임없이 힘을 얻고 스스로를 자극하는 도구로 삼으시게."

'다행히 이 사람은 주점에서 만난 사내처럼 나를 와락 끌어안지는 않는구나.'라고 생각하며 주정뱅이도 집주인과 작별인사를 했다. "앞으로 거치게 될 경로를 정확히 파악하는 데 꼭 필요한 것들을 보여 주서서 고맙습니다."

———

주정뱅이는 혼자 고래고래 음정도 박자도 맞지 않는 노래를 부르며 비탈길을 오르기 시작했다.

〈도수가 높아도 마시고야 말겠어.
마누라 따위가 날 막을 수는 없지.

술의 천국으로 가는 길이 여기 있으니
잡탕주를 마시지 말고,
오로지 순수한 술만을 꿈꾸고 희망하자.

도수는 낮지만, 밍밍하고 오줌만 자꾸 나오는 맥주보다
도수가 높아도, 다음 날 숙취가 덜 한 양주 마시는 편이
더 나으니라.〉

한참을 걷다 보니 또 다른 집이 나왔다. 주정뱅이는 문지기에게 물었다. "여기는 어느 분의 댁입니까? 혹시 한잔하고 갈 수 있을까요?"

"이 고개의 주인님이 지은 집이오. 주정뱅이들의 수고를 덜어 주고 그들을 안전하게 보호하기 위해. 성함이 어떻게 되시오?"

"제 이름은 꽤 오래전에 잊어버렸습니다. 예전에는 재깍 떠올랐는데 워낙 술을 오래 마셔서 그런지, 이름조차 기억이 안 나는군요."

"그랬구려. 충분히 이 집안에 들일 만한 인물이외다. 안으로 들어가시지요. 주인님은 출타 중이시고, 따님들만 계십니다."

주정뱅이는 고개 숙여 인사하고 집 안으로 들어갔다. 그가 자리를 잡고 앉자 집주인의 딸들로 보이는 여자들이 술을 가져다주었다.

첫째 딸이 먼저 말했다. "잘 오셨습니다. 자신의 이름조차 술에 묻어 버린 고결하신 분을 우리 집에 모시게 되어 얼마나 기쁜지 모르겠습니다. 여기까지 오는 동안 경험하신 일들을 얘기해 주시면 모두에게 큰 도움이 될 것 같습니다."

주정뱅이가 화답했다. "제 술주정에 관심을 가져 주시니 참 반갑습니다. 기꺼이 모험담을 들려드리지요."

이번에는 둘째 딸이 말했다. "혼자서 길을 가실 때에, 더러 고향이 그립지는 않던가요?"

"마누라가 자주 생각이 나기는 하더군요. 그립다기보다, 가끔씩 떡을 치고 싶은데 도무지 상대가 없었기 때문입니다. 마음 같아서는 두 번 다시 떠올리고 싶지 않은데, 웬일인지 떡 치던 순간만큼은 또렷이 기억나더군요."

이번에는 셋째 딸이 물었다. "부인 외에 가족이 있으신가요?"

"아내와 혼인해서 어린 자식 넷을 두었습니다."

"왜 함께 오지 않았나요?"

"그럴 수 있었으면 얼마나 좋았겠습니까? 하지만 식구들은 술의 천국으로 가는 길을 결사적으로 반대했습니다. 다들 우스갯소리 취급을 하더군요. 도무지 믿으려 들지를 않았어요."

주정뱅이와 딸들은 만찬이 준비될 때까지 많은 이야기를 나누었다. 식탁이 마련되고 상이 차려지자 다 같이 둘러앉았다. 주정뱅이는 포도주 외에 다른 술은 없는 것을 보고 적잖이 낙담했다.

"어째서 포도주 같은 발효주밖에 없는 것인가요? 증류주가 훨씬 더 도수가 높을 텐데."

"가끔 도수가 높은 술을 마시면, 그곳이 서지 않는 사람들도 있거든요. 그래서 일부러 맹맹한 포도즙이나 다름없는 포도주를 접대하는 것입니다. 저희는 세 명이지요. 과연 하룻밤에 세 번을 하실 수 있을는지 몹시 기대가 큽니다."

주정뱅이는 환희에 차서 이렇게 노래했다.

〈여기는 어디인가?
술에 쩔어 사는 인생을 위해 베푸시는
주신(酒神)의 사랑과 보살핌이 가득한 곳.
그분이 예비하신 그곳.
이미 거시기가 서기 시작한 이 몸,
벌써 천국 문턱에 왔네.〉

날이 밝자 모두 일어나 대화를 나누었다. 다들 주정뱅이의 놀라운 테크닉에 환장해서, 최소한 몇 번은 더 해 주고 난 다음에 떠나라고 붙들고 늘어졌다. 결국 주정뱅이는 딱 하루만 더 묵어가기로 했다. 사실 주정뱅이도 오랜 기간 여자를 맛보지 못한 탓에, 말할 수 없이 기뻤다. 둘째 날 저녁에도 한 라운드를 전부 다 돌고 나서, 모두들 방으로 돌아가 푹 쉬었다.

이제는 주정뱅이도 술의 천국을 위해 길을 떠나야 했다. 작별인사를 마친 주정뱅이는 발길을 재촉했지만, 딸들은 끝내 고개 아래까지 바래다주겠다고 했다.

"가는 길에 또다시 떡을 치게 되면 속옷을 다 버리게 됩니다. 술의 천국에 경건한 순례자의 모습으로 들어가게 될 텐데, 정액으로 범벅이 된 의복을 입고 가면 영광이 빛바래지 않을까요."

"그렇지요. 하지만 남녀 간의 욕정이란 것은 생각처럼 만만한 노릇이 아닙니다. 저희가 사는 곳에 손님처럼 정력

좋은 남자가 오는 경우는 거의 없거든요. 그래서 이렇게 발정 난 암캐처럼 따라다니는 겁니다."

"알 만합니다. 고개 밑자락에서 마지막으로 한 판 돌립시다."

저택의 식구들은 그렇게 한 판씩 모두 돈 다음에, 빵 한 덩어리와 포도주 한 병, 그리고 순수한 알코올 원액 약간을 주정뱅이에게 건네주었다. 셋째 딸은 자기가 항상 맨 마지막 순번이라 주정뱅이의 타고난 파워와 절정의 테크닉이 결정적인 순간에 부족했다고 푸념했지만, 태어난 순서가 그러한 것을 어찌할 수 없었다. 이제부터는 주정뱅이 혼자 술의 천국으로 향하는 순례의 길을 걸어야 했다.

그렇게 한참을 걷고 나니 피곤했다. 아마 오랜만에 너무 많은 떡을 쳐서 그런 것인지도 몰랐다. 주정뱅이는 나무 아래 앉아서 빵을 먹고 포도주를 마셨다. 하지만 전혀 기운이 나지 않았다. 양은 적었지만 알코올 원액을 한 모금에 원샷 한 다음에야 겨우 기운을 차릴 수 있었다.

또다시 한참을 걸어가는 동안, 주정뱅이는 숙취와 끔찍한 악몽에 시달렸다. 그러나 부지런히 걸으며 야트막한 언덕에 이르렀다. 누군가 거기에 있어 그를 향해 미소 지었다. 순간, 주정뱅이는 비틀거리다가 바닥에 고꾸라지고 말았다. 술꾼에게는 자주 있는 일이었지만, 워낙 세게 넘어졌기에 그 사람이 부축해 주지 않으면 자리에서 일어나지도 못할 정도였다.

"존경하는 벗이여. 술의 천국으로 가는 순례의 길에 동행을 만나게 되어 얼마나 기쁜지 모릅니다." 주정뱅이가 말했다.

"저도 여러 번의 위기를 넘기고 이곳까지 왔습니다. 혹시 벗님도 음탕한 딸들에게 유혹을 받지 않으셨습니까?" 새로 만난 순례자가 물었다.

"떡을 한 라운드라도 치지 않으셨다면, 상상조차 못 하실 것입니다. 자칫하면 그 집에서 종마처럼 떡만 치다가 세상 마무리할 뻔했더군요."

"저는 자신을 더럽히지 않았습니다. 여인들의 매력적인 모습을 보지 않으려고 눈을 꼭 감아 버렸습니다. 그러자 그들은 저주를 퍼붓고 막말을 하더군요. 고자에다가 거시기도 작고 테크닉도 변변찮아서 교접을 피하는 것이라고 쌍욕을 하는 것이 아닙니까. 정말 할 말 못할 말 가리지 않고 마구 퍼붓더군요. 그러거나 말거나 저는 시치미 뚝 떼고 가던 길을 갔습니다."

"욕정을 이겨 내셨다니 참으로 용감하시군요."

광야를 거의 다 지났을 무렵, 어떤 천사가 나타나 두 순례자에게 다가와 인사와 함께 투명하고 순수한 알코올 원액을 건넸다.

"아들들이여, 술의 천국에 들어가기 전에 수많은 고난을 당해야 하며, 어디에 가든 숙취와 두통이 기다린다는 것을 아실 것입니다. 그러므로 주정뱅이답게 당당하게 처신하십시오. 여러분을 기다리는 술의 천국이 바로 앞에 와 있습니다."

순례자들이 술의 천국 입구에 있는 금빛 찬란한 들판을 바라보니, 문득 안주가 없다는 것을 깨달았다. 들판의 포도원을 발견하고 나서, 그들은 껍질째로 포도를 씹어 삼키며 천사가 건네준 순수 알코올의 안주로 삼았다. 하지만 너무 갑자기 들이킨 탓인지, 두 사람 모두 급성 알코올 중독증상을 나타내기 시작했다. 저체온과 저혈당이 오면서 호흡이 어려워지고, 끝내 경련을 일으키며 혼수상태에 빠졌다.

한동안 사투를 벌인 끝에 주정뱅이는 정신을 차렸다. 그러나 그의 동행은 시야에서 사라져 보이지 않았다. 그는 여기까지 왔는데 돌아갈 수 없다고 생각하며 술의 천국을 향해 부르짖었다.

"오, 주(酒)님이 다시 보여! 내가 너와 함께하고, 강을 건널 때도 물이 너를 침몰시키지 못하리라 말하시네!"

그리하여 주정뱅이는 용기를 내어 들판에서 강을 건너 술의 천국으로 들어가는 성문 앞까지 도착했다. 성문으로 점점 다가가자, 수많은 주정뱅이들과 나팔수들이 마중을 나왔다. 들판 앞에서 보았던 천사가 말했다.

"세상에 사는 동안 오로지 술을 사랑했으며, 그것을 위해 모든 것을 버린 이들이여. 술잔치에 초대받은 자들은 복이 있도다."

나팔수들은 술의 천국이 쩌렁쩌렁 울리도록 권주가(勸酒歌)를 연주했다. 이미 나팔수들도 꽤나 취해 있었는지, 음정과 박자가 단 하나도 맞지 않았지만 그들의 표정만큼은 매우 기뻐 보였다.

드디어 성문 바로 앞에 이르자 하나의 글귀가 쓰여 있었다. "술의 천국이 여기 있으니 영원무궁한 취기를 느끼라."

주신(酒神)은 비록 보이지 않았지만, 빛나는 옷을 입은 천사가 그를 하늘 위로 끌어 올리는 것처럼 느껴졌다. 주정뱅이는 비로소 술의 천국에 도착한 것을 느끼며, 소독용 에틸알코올보다 도수가 높다는 바카디 151을 한 모금

빨고, 그보다 더 높아 지상에 있는 모든 술 가운데 알코올 농도가 제일 높다는 에버클리어(95% 알코올)를 아예 병 샷으로 마셨다. 실제로 주정뱅이가 술의 천국으로 승천했는지, 아니면 급성 알코올 중독으로 객사했는지, 이후로는 그의 생사나 행방을 아는 사람이 아무도 없었다.